時空滋味

鄭國雄·著

目次

輯一　懷念的滋味

推薦序

輯一　懷念的滋味

酸酸甜甜的人生滋味

暖暖的冬陽灑落在庭院的角落，老家屋後的菜圃裡，幾株青蔥翠綠的小番茄，崢嶸地攀爬在阿爸搭設的竹籬笆上。一串串鮮紅欲滴的番茄，迎著金燦溫暖的陽光，散發出這個季節屬於它亮麗光鮮的色澤，讓我忍不住摘了幾顆，隨手擦拭後就送入了滿是口水的嘴裡。輕輕一咬，鮮脆的口感搭配上酸中帶甜的滋味，便迅速地在唇齒之間散播開來，一股幸福的味道緩緩地沁入心中。

其實，小時候的我非常討厭「番茄」，不是不喜歡它酸中帶甜的滋味，而是不喜歡下田採番茄。每每在假日的時候，只要聽到阿爸要我帶著年幼的弟弟、妹妹一起下田採番茄，我的兩道細眉一定又深蹙在一起，猶如是遭受到老天爺無情的打擊，心情立即跌落到無底深淵，失落的表情彷如被刀斧斲傷而扭曲，不斷地呈現在眉宇之間。本來滿心期待放假日可以悠哉地在家休息玩耍，不料卻要下田工作，在淒冷酷寒的曠野中與呼嘯的北風對抗作戰，心中的無奈實在非筆墨足以形容。

我生長在雲林縣西南邊的一個小農村，務農是這裡唯一的出路。因此，為了養活一家子，爸爸在二期稻作收割後，會在空間的土地種上一壠壠的番茄，等熟成之後交給廠商收購作為食品加工的材料。所以每當北風颯颯，寒風刺骨的時節，便是番茄成熟可以開始採收的日子。鄉下孩子除了上學唸書外，幫忙務農也是我們的義務，所以下田工作已成為我們生活的日常。

而在這凜凜寒風毫無忌憚地肆虐在嘉南平原的季節裡，要蹲在一壠壠的土地上摘拾番茄，那種痛苦可想而知。所以只要放假，一聽到阿爸要我下田幫忙摘番茄，我的心情一定又糾結在一起。

領著弟弟、妹妹，在颯颯的北風中摘拾番茄，一群瘦弱的身影便在寒風中穿梭顫動，但為了生活，再苦還是要忍耐下去。假日下田摘番茄，雖然有滿地吃不完的番茄任我享用，但此時哪有心情品嚐這些酸中帶甜，口感鮮脆的番茄呢？尤其在冷風的加持下，一顆冰涼的番茄下肚，免不了全身打起寒顫，所以滿田的番茄根本引不起我的食慾。哪像現在把番茄當成寶貝一樣，只要在市場買一盒小番茄回家，一個不留神，只剩下空蕩蕩的盒子留在餐桌上以茲紀念！

庭院裡的數株小番茄勾起了童年的記憶，當初的苦澀，如今回憶起來卻是格外的甘甜。時代的變遷，番茄已由價格低賤的農作物，晉升為高價搶手的生鮮蔬果，其身價已不可同日而語；番茄的栽植方式也大多由戶外的種植改為溫室栽培，農人不必再頂著凜冽的北風，穿梭在田間採拾番茄。但昔日在寒風中摘拾番茄的畫面，卻一直深深地烙印在我的心中，這是那個純樸年代留給我最美好的禮物。

一顆小小的番茄，酸中帶甜的滋味，承載著我童年的記憶，那是一種無法追回，但卻永存於心的回憶。吃著阿爸種植的小番茄，吸吮無盡的酸甜滋味，也回味著人生經歷的酸甜苦澀，從齒間到腦海久久無法散去。阿爸的番茄，是我難忘的人生滋味。

小番茄

酸甜滋味

阿母的肉粽

　　不知有多久未曾再吃過母親親手包製的肉粽，那種讓人魂縈夢繫、牽腸掛肚的滋味，每每在想著家鄉，念著母親時，就會從腦海中噴發出來，久久不能自已。

　　肉粽，在傳統的早餐店中，還隨時可看到它的身影，所以只要嘴饞時，我便會買一兩顆來塞塞牙縫、祭祭五臟廟，對於「它」的滋味，沒有特別的感覺。每逢端午節，市場上會多出幾攤賣粽子的攤位，這時也會應景買

個幾顆回家，回應自己該年吃過粽子了！好不好吃似乎沒那麼重要。

我生長在雲林一個偏鄉的農村，幼年時期，我的家鄉民生凋敝、物資匱乏。因此肉粽對我而言是一種奢侈品，想吃到粽子，除了端午節或鄉下重大節慶，才有機會吃到粽子，一般的日子裡連一碗白米飯都是奢求，更遑論想吃到「肉粽」。那時，每逢家鄉節慶，從四合院的廚房裡便會傳來一陣陣和著米香、竹葉清香的味道，我們一群黃口小兒便在廚房的門縫裡，窺視那一大串已用藺草綁著，尚未入鍋蒸煮的粽子；等待著灶火生起的那一刻，一粒粒渾圓飽滿的粽子，便在滾著熱水的大鍋中，散發出充滿誘人的粽香，整個廚房充塞著粽子的味道，尚未起鍋，已讓我們這一群貪吃的囝仔猛吞口水。

高中畢業後負笈北上求學，此後就業、成家，正式成為北漂族的一員。

因為居處離家鄉有點距離，所以回家的次數也相對減少，每逢家鄉節慶也因交通及工作的因素，鮮少有機會能回去參與。因此，一年又一年，對於「阿母的肉粽」是何滋味，只能憑藉著想像，去勾勒出那年代久遠的誘人味道。今年家鄉的神明誕辰節慶，因緣際會，能夠回鄉參與慶典遶境活動，在遶境的過程中，親沐神恩。而母親也準備一串自己親手包製蒸煮的粽子做為祭神供品，並要我北上時帶回，以共享神明恩澤，保佑一年平安。

回到工作崗位，忙碌的工作常常讓自己錯過了晚餐時間，下班回家後餐桌上的冷飯冷菜已引不起我的食慾。這時，索性打開冰箱，把深藏在冷凍庫「阿母的肉粽」放入電鍋中蒸熟做為晚餐。當掀開鍋蓋時，那一股既熟悉但又陌生的味道撲鼻而來，撥開粽葉，看著吸滿湯汁、泛著油光的糯米，內餡夾著幾顆鬆軟的花生和著香菇、瘦肉，雖然沒有市售豪華配料，但就是這簡單的口味，讓我忍不住恣咬一番。瞬時，兒時的味道就從齒縫漫過了舌尖，充塞在整個唇齒之間，久久無法散去。

「阿母的肉粽」不但滿足了我的口慾、填平的我的鄉愁，也讓我找回兒時的記憶，更拉近與母親分隔多年的距離。為了再次品嚐「阿母的肉粽」，我拿起電話，告訴電話那頭的母親，預約了端午節的粽子，聽到電話那頭傳來高興允諾的聲音，我笑了，母親也笑了。

#肉粽

#兒時記憶

吃在苗栗之一

講到「好山好水」很多人第一印象就會想到花、東地區，藍天白雲配上一望無際的山林田野，明媚的風光讓人無限嚮往。但從西部搭車到花東，山路遙迢，耗時間、耗體力，因此大多數的人只能在心中暗自羨慕，生活在一片綠色田野的愜意模樣。其實在台灣西部，也有一個「好山好水」的地方——苗栗，在這個客庄的地方，開門即見山，雖然沒有「家家泉水，戶戶楊柳」的雅緻風情，但生活周遭小溪流水潺潺、綠樹蔥隆，居家處所是雞犬相聞，人情味濃厚，呈現出一幅祥和的世外桃源景色。

苗栗除了有「好山好水」值得稱頌外，客家美食更是讓人讚不絕口。多年以前，因工作的異動調任到苗栗上班，讓我有機會體驗充滿客家風情的生活環境，因此能遍嚐苗栗縣十八鄉鎮著名的飲食小吃，為自己灌滴了不一樣的生活元素，豐富了生命的厚度。苗栗分為山線與海線，海線地區以閩南人為主，飲食習慣迥異於山線地區的客家飲食，因此經由飲食文化的差異，可看出苗栗的地方特色及閩、客之間的文化融合。

苗栗市為縣治所在地，也是苗栗第三大鄉鎮（人口數已落後頭份市與竹南鎮），這裡的小吃雲集，而我最常光顧的客家小吃，應該是「邱家粄條」。它早期原來是一間隱身於巷弄，沒有名氣的小吃攤，經聯合報苗栗特派員何來美於媒體報導曝光後，慕名而來的食客絡繹不絕，因此成為苗栗市著名的小吃。邱家粄條以在來米磨成米漿後再製成粄條，口感細緻滑嫩，不管是湯粄條或乾粄條，都有廣大的支持者。所以每到中午用餐時刻，店裡面是滿滿的人潮，有時候要吃一碗簡單的粄條還要排隊等上十到二十分鐘。目前邱家粄條已交第二代掌杓，由兄妹各自負責，於苗栗市玉興街及建台中學旁設有店面營業。

苗栗市除了客家小吃聞名外，若三五好友想要品嘗道地的客家菜，在苗栗監理站附近往後龍方向的「西山鱺魚小吃」是不錯的選擇，客家控肉、苦瓜鹹蛋、薑絲大腸、客家小炒都非常有水準。店家既然以「鱺魚小吃」為招牌，鱺魚生魚片就是該店的招牌菜，店家將水庫抓來的鱺魚切成薄片後冰鎮，佐以紫蘇、薑末、烏醋等蘸料，夾一片入口，鮮、脆、甜的口感夾帶著紫蘇的香氣與薑醋的酸辣滋味，實在是味覺的多重享受。另外店裡隨著季節的變換，偶而會有特殊河鮮可品嚐，在蒹葭蒼蒼、金風送爽的時節，螃蟹便悄悄地現身，這時店裡便會有幾隻毛蟹在水桶裡橫行吐沫，老闆除了會泡一缸醉蟹外，也提供喜歡現蒸現吃的饕客享用。我就在這裡吃過現蒸毛蟹，蟹膏豐腴，蟹黃飽滿，鮮味十足，其味道之豐美比我到澳門吃的大閘蟹有過而無不及，讓我對台灣的毛蟹是另眼相待。

這家小吃店距離我的辦公室僅三、五分鐘車程，漸漸地，我成了這家店的常客，當有較新奇的菜色出現，老闆都會推薦我品嚐。記得有一次，一位北部的老友到苗栗找我敘舊，午餐時間便帶他到鱺魚小吃品嚐客家菜，老闆一見我帶朋友來用餐，便告訴我今天來了大貨——鱸鰻，建議我可以試一試。因為從未吃過鱸鰻，心中有點猶豫，老闆見我一時無法決定，便建議將鱸鰻直接乾煎，皮脆肉嫩雙重口感，再以煎鱸鰻的油炒一盤蛋炒飯，絕對是光澤油潤，香氣四溢。既然餐廳老闆都已經如此強烈推薦，就依他的建議料理。鱸鰻一上桌後，果然散發著濃郁的魚肉香氣，酥脆的外皮與軟嫩的魚肉讓人一嚐之後回味再三，不一會兒功夫，這塊乾煎鱸鰻就被分食殆盡。等到沾滿魚油鮮味的炒飯上桌，我們兩人一樣以迅雷不及掩耳的速度，如狂風席捲殘雲，頃刻之間就盤底朝天。兩人這一頓飯是吃得津津有味，吮指再三，等去結帳時也讓我大吃一驚，兩人一頓午餐，一盤乾煎鱸鰻與兩三道配菜，竟花費近三千元，真的所費不貲。以後每當我到鱺魚小吃用餐，看到鱸鰻的身影出現在餐廳時，只會遠遠觀看而不敢再貿然點菜了！

頭屋鄉鄰近苗栗市，全鄉是丘陵遍布的區域，因此茶葉、柑橘為這裡的農特產品，頭屋鄉的東方美人茶便聞名遐邇，是重要的茶葉產區。這裡有名的地方小吃為「楊家蛋黃麵」，所謂「蛋黃面」與一般市售的黃麵的顏色差異不大，是否因此取名「蛋黃麵」就不得而知。它的乾麵口感富有彈性，充滿油蔥的香味，再搭配上店家的豬頭肉湯，滿口的肉香、麵香，讓人吃完一碗乾麵便十分滿足。「楊家蛋黃麵」因位於頭屋國小旁的小巷民宅內，若非當地人，一般遊客要找到店家，可要花一番功夫。雖然店家位處陋巷，但網路無遠弗屆的傳播，每到假日那排隊的人潮可從巷子排到馬路上，因此假日前來，只要看到一堆排隊的人潮，就可找到「楊家蛋黃麵」了。

一提到文旦，大家第一印象就想到麻豆，它的品質與產量都是全國首屈一指。苗栗造橋也生產文旦，它雖然沒有麻豆文旦有名，但它的品質並不亞於麻豆文旦，只是產量太少，只能提供本地供需，無法外銷到其他縣市。有一年中秋節造橋鄉鄉長送我兩箱造橋文旦，我拿了一箱給辦公室同仁一起享用，那時辦公室有一位老家住在新營的同事，當吃到造橋文旦，還讚嘆其品質不亞於麻豆老欉文旦，而辦公室同仁在吃過造橋文旦後，也紛紛詢問還買得到嗎？我只能笑稱，這是鄉長送的，外面買不到。

造橋除了有品質出眾的文旦外，也有著名的特色小吃。位於造橋鄉農會大西辦事處附近的「大坪鴨肉麵」，就是令人垂涎的美食。這家鴨肉麵店位處台十三線路旁，以鐵皮搭建而成，因招牌不明顯，開車經過很容易錯過。雖然沒有明顯的標的，但只要開車經過造橋大坪，向附近店家問詢問，大家都知道這家「大坪鴨肉麵」店。來此吃麵，建議點鴨肉湯麵，湯濃味純，比起它的鴨肉炒麵更勝一籌，因為他家的鴨肉是以糖薰手法製作而成，滋味鮮嫩甜美，因此搭配湯麵能吃出鴨肉甘甜軟嫩，是一道平價的銅板美食。

#邱家粄條

#口感細緻滑嫩

吃在苗栗 之二

以前當兵時流行著一句順口溜：「血濺車籠埔，淚灑關東橋，魂斷金六結，命喪成功嶺；歡樂滿仁武，新中是樂園，官田休息站，快樂斗煥坪」，所以當我還沒來到苗栗時，早已聽聞了頭份斗煥坪這個地方。我沒在斗煥坪當過兵，是否真的如外傳的如此快樂我不得而知，但營區外面的美食，絕對會讓到此服役的阿兵哥念念不忘。

在頭份斗煥里往三灣的路上，掛著「斗煥坪水餃館」的巨大招牌，看著

三間透天厝連接在一起的店面，不禁讓人懷疑：這真的是餃子館嗎？早期的斗煥坪水餃館，其裝設與一般老舊的小吃店一樣，古樸的招牌，在門前擺個攤子就做起生意。但因為其飲食具有特色，所以小吃生意做得風生水起，幾年過去，便從一間老舊的透天厝變成三間店面的飲食店，重新裝潢後窗明几淨，和早期小吃店的模樣完全不同了。「斗煥坪水餃館」雖然打著水餃的招牌，但水餃其實沒有過人之處，與一般小吃店賣的水餃沒有兩樣，可是，店裡的蔥油餅與雜不囉嗦兩樣小吃絕對會讓人吃了還想再吃。

它的蔥油餅類似半煎炸的方式，整張餅煎到兩面金黃，外皮酥脆而裡面軟嫩，加上青蔥放得多，因此一塊蔥油餅兼具酥、脆、香、嫩，一口咬下就有多重口感的享受。而雜不囉嗦是將豬大腸、豬小腸、豬頭肉、豬頭皮、海帶、豆干、滷蛋……等各式滷味，綜合切一大盤後下鍋加上蔥、薑、蒜末、辣椒快炒起鍋，因此味道十足，辣中帶勁，是一道十足的下酒小菜。在炎炎夏天，點一盤雜不囉嗦，配上一瓶冰啤酒，那絕對是夏天最棒的享受。因為「斗煥坪水餃館」的蔥油餅與雜不囉嗦盛名在外，只要一踏進餃子館，一眼望去幾乎每個餐桌上都會出現這兩道小吃。

而在頭份八德一路上的「曾記餡餅」是當地的排隊美食，每天下午開始營業後，顧客便大排長龍等待購買餡餅。它的餡餅分豬肉與牛肉兩種，加入韭菜與高麗菜包製後入油鍋炸成金黃顏色。因為餡餅裡面是滿滿的餡料，只要一口咬下，酥脆的外皮配上豐滿軟嫩的內餡，口感十足。且因韭菜經油炸後與肉的氣味結合在一起，散發出濃郁的香氣，讓人在品嘗餡餅的同時，那深刻的味道已不知不覺地滲入了靈魂的深處。

三灣鄉以高品質的「三灣梨」聞名全台，在水梨生產的季節，三灣鄉的街上擺滿了賣水梨的攤位，因此假日期間經過三灣，到處都是外地來買水梨的遊客。而這裡有一家非常特殊的客家料理餐廳「阿戊嫂的店」，它只有在假日才有營業，而且採預約制，若沒有事先預約，那絕對會被拒絕在門外。另外店家也提供單品外帶，但一樣要事先預約才會準備，不是想吃就隨時吃得到的店家。或許大家心中會有疑惑哪有餐廳這樣經營的？未免太大牌了吧！其實店主人就是2020年客家小炒全國爭霸賽的冠軍，光這名號就夠響亮了。因此為了管制人數，嚴控品質，預約制成了最佳的手段。

南庄鄉昔日是一個寧靜純樸的小山村，自從各地方興起「老街文化」後，南庄鄉隨著這波風潮，以「桂花巷」吸引全國各地來的遊客，裡面充滿各式各樣的小吃，麵食、米食、冰品……，飲食餐點各具特色。但眾所周知，觀光地區的飲食小吃，受到商業機制的影響，很多都是外地來的攤商，反而把南庄的地方小吃特色都淹沒了。在南庄街上傳統在地的客家小吃有老金龍飯店與徐媽媽小吃，都是以正宗的傳統客家菜為號召。老金龍飯店的薑絲大腸、客家小炒、梅干控肉、炆桂竹筍等菜色，都是非常傳統的客家料理，廣受消費者喜愛。徐媽媽小吃則以客家炒粄條、福菜肉片湯等各類客家小吃吸引顧客。

來到南庄若不想單純地吃客家菜，那就要「更行更遠」到更山裡面的「高山青農場」一嚐鱒魚或鱘龍魚的美味。高山青農場位於南庄鄉蓬萊村往獅潭仙山的半路上，農場沿著山勢闢建，佔地廣袤，適合全家人踏青出遊，在每年的五、六月繡球花季，園區裡的繡球花盛開，處處花團錦簇，萬紫千紅美不勝收。高山青農場以飼養鱒魚與鱘龍魚為主，農場內設有餐廳，遊客到此可依據個人喜好品嚐鱒魚全餐或鱘龍魚全餐，讓您飽嚐美景後也滿足了口腹之欲。

公館鄉是台灣唯一專業栽植紅棗的產區，每年七、八月份是紅棗的盛產季節，這裡生產的新鮮紅棗個個果實飽滿，色澤光鮮亮麗。紅棗在白熟轉紅之際最為鮮甜爽脆，一口接一口，讓人難以抗拒。公館鄉除了紅棗吸引人之外，美味的客家小吃也是吸引遊客造訪的因素之一。在福基村台六線往大湖方向的路旁，有一家隱身在巷子裡面的「福樂麵店」，是一家以客家麵食、客家菜為主的餐廳，店裡的客家炒粄條Q軟不糜爛，香氣入味，是外來遊客必點美食。另外店裡各式各樣的客家菜，如客家鹹豬肉、客家控肉、薑絲大腸、客家小炒均有一定的水準，因此假日時段總是吸引滿滿的遊客到訪，每到中午用餐時間，排隊人潮更是從巷子裡排到台六線的大馬路上，真是門庭若市。

棗莊庭園餐廳位於公館鄉福星村，是一家以公館特產紅棗入菜的餐廳，它的紅棗雞湯、紅棗飯、紅棗饅頭及棗香高麗菜都非常具有特色。棗莊的白斬土雞肉沾客庄的桔醬，鮮甜的雞肉與香濃的桔香融合在一起，是一道宜酒宜飯的美食。另外還有一道梅子魚片，也是深受消費者喜愛的料理，它的作法類似糖醋魚，魚片酥脆，醬汁濃郁，當菜一端上桌便聞到濃濃的梅汁酸氣與魚排的香氣，讓口水在不知不覺中瀰漫了整個唇齒之間。

獅潭鄉沿著台三線一路從北邊的三灣接壤到南邊的大湖，縱深超過三十公里，是苗栗縣一個很特別的鄉鎮，這裡除了有仙山風景區吸引遊客外，還有有兩條老街吸引各地的觀光客到訪。獅潭北邊的新店村有新店老街，這裡以販售仙草製品的餐飲店最有名，「仙山仙草」便是一家集飲料與餐點的複合式商店。而在「仙山仙草」停車場旁的「阿妹狗水粄店」，是一家傳承三代的古早味米食專賣店，主要販售甜鹹水粄及肉粽，廣受消費者青睞。

在獅潭南邊的汶水老街是一條充滿濃濃人文風味的老街，除了有客家文物製作的商店外，也有幾家頗具歷史及特色的客家飲食小舖，如在汶水老街尾的「阿蘭芋粿」，有各式客家米食製品，如芋粿、草粿、蘿蔔糕等，另外在汶水分駐所附近一家販賣客家鹹湯圓及鴨肉粄條、米粉的小吃攤，其滋味非常道地，以大骨熬製的湯頭完全不加味精，湯濃味美，令人回味再三。老街上有一家「國興獸肉舖」，每年過了中秋節後，在肉舖的外面便會曬起一片片充滿客家風味的「豬膽肝」，豬膽肝的作工繁複，現在已經很少有人願意投入心力製作這類的客家美食，因此這種製作豬膽肝的景象在其他地方是極少見的。

汶水老街上的「永和亭」餐廳，是一家營業超過五十年的客家小吃店，它的客家菜非常傳統，白斬雞、客家小炒、滷豬腳都是這裡受歡迎的菜式。每年的四、五月在桂竹筍盛產的時節，來到這裡還可以吃到桂竹筍湯、桂竹筍炒肉絲，爽脆的桂竹筍配上客家滷豬腳或是又香又嫩的白斬雞，筍香、肉香一次到位，讓人沉溺在美味的客家美食中而無法自拔。只可惜，受到道路新設的影響，前往汶水的遊客大不如前，「永和亭」可能在客源減少下，飯店不好經營，加上第二代無意願承接，因此已在店門口掛上停業公告，對於他家美味的客家菜，只能存留在腦海中，讓記憶去回味過去的美好滋味。

鹹湯圓

道地客家美食

吃在苗栗 之三

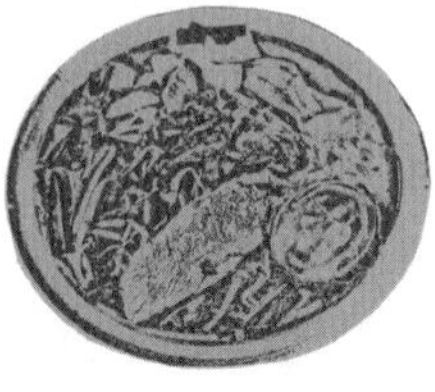

提到大湖就免不了想到草莓，在冬天的驕陽下提著籃子在草莓園採草莓，是許多人深藏在腦海中的美好記憶。到大湖除了採草莓外，其地方飲食，則受到太多觀光客的影響，出現很多結合住宿與餐飲的主題式餐廳，如巧克力雲莊、花間集、湖畔花時間……等。但若單純想吃一些具客家口味的餐食，則需到大湖街上找一些傳統飲食小店，如桂梅小吃、麗味客家菜、勝春客家小吃……等，這些店家的餐食雖然談不上精緻，但具有濃濃的客家風味，且價格親民，若到大湖想一嘗客家菜的滋味，是不錯的選擇。

另外在大湖民生路上就有一家「食朝食畫麵店」，它是一家具有文青風格的客家麵店，它的乾麵與水晶餃都具有濃厚的客家口味，另外一道小腸麵線，也有別於傳統的大腸麵線，是值得一吃的地方。

泰安鄉是苗栗的溫泉區，這裡有數家知名的溫泉大飯店，吸引眾多的遊客到此旅遊，泰安鄉的清安豆腐街就是因此而誕生的。清安豆腐街與新北深坑豆腐街一樣，整條街幾乎都是賣豆腐製作的小吃，煎、煮、炒、炸、藥燉、紅燒應有盡有。除了豆腐製品之外，其他冰品飲料、各式小吃也與其他老街雷同，所以這裡的飲食可以說完全沒有泰安鄉的特色，因為這條老街是因應觀光客而生，各種飲食小吃都會有一種似曾相識的感覺，完全找不到當地美食的特色。因此來到泰安若想要品嘗純正的當地美食，只能再更往山裡面走，到達錦水村的溫泉飯店區，這裡的「泰雅竹亭坊」小吃，是一家具有原住民風格的餐廳，來到這裡可以品嘗一些原住民口味的山產野菜，是對吃膩了傳統飲食的遊客，嚐鮮換新的好地方。

卓蘭鎮是苗栗的重要水果產區，楊桃、柑橘、葡萄、水梨是這裡的四大天王，其中水梨與葡萄，甜度高，水分足，一直是市場上的寵兒。在這裡值得一提的是卓蘭有出產一種「軟枝楊桃」，它不同於市場上常見的「馬來西亞」品種的楊桃，它的果肉呈黃白色，肉質細嫩，清甜多汁，完全顛覆我們對楊桃的刻板印象。軟枝楊桃雖然口味出眾，但受到運送及貯藏不易的影響，因此果農栽種意願不高，以致於市面上幾乎看不到它的身影，想吃「軟枝楊桃」只有到卓蘭當地的一些果園才能看到它的蹤跡。

卓蘭的地方小吃以「口福鵝肉店」較具特色，這是一家非常傳統的飲食店，廚房還以燒柴的大灶炒菜，這在台灣可能是絕無僅有的一家餐廳了。它的菜色不像單純的客家菜，也兼有閩南菜的風格，可能是因為卓蘭接近台中豐原，生活圈與豐原連結在一起，因此飲食菜色變成客閩兼具的特色。它的鵝肉切盤、三杯中卷、苦瓜鹹蛋、炒粄條、鮮蚵煎蛋都是一般消費者喜愛的菜色（據讀者反映，口福鵝肉店老闆為雲林口湖鄉人，他家的鮮蝦與鮮蚵都是由口湖直送，該店的鮮蝦水餃也是一絕）。另外在中山路上的「卓蘭水煎包」是當地的排隊美食，每到下午學生放學時刻，長長地排隊人龍，讓人見識到美食的吸引力。

卓蘭除了水果是著名的特產外，這裡還有一家專門製作傳統糕餅的「永安餅店」，是各地遊客到卓蘭後必帶回的伴手禮。永安餅店位於卓蘭新厝里台三線上，紅色的招牌佇立在路旁非常顯眼，只要開車經過便可明顯看到。永安餅店的產品以傳統古早味大餅為主，紅豆麻糬、豆沙核桃、芋頭麻糬、滷肉蛋黃豆沙都是店裡非常熱銷的產品。

三義鄉以木雕聞名全台，因此也是觀光客造訪的熱門地區，每逢假日，三義街上是車水馬龍，絡繹不絕。人潮也帶來錢潮，這裡的幾家客家小吃店平日時間已經人聲鼎沸，假日的時候，排隊等候的人潮更是塞滿在台十三線上。三義最著名的客家小吃店為賴新魁麵館，這是一家超過六十年的老店，早期由一對老夫婦經營，麵館裡以粄條、米粉及各類麵食作為主要營業項目，店裡並備有各式小菜，由客人自取，等吃完麵或粄條後再結帳。他家的粄條不同於苗栗的邱家粄條，賴新魁麵館粄條較有彈性及口感，似乎是以純米再添加了綠豆粉製作而成，因此作成乾粄條較不會沾黏在一起，但是吃湯粄條，筷子一夾就又溜滑到碗裡。賴新魁麵館因為生意興隆，外場服務人員都是聘請當地客家的婆婆媽媽幫忙收拾整理桌面，因此店裡不時會傳出濃濃客家腔調的對話，讓人產生極大的親切感。

近年來賴新魁麵館的老夫妻已經將經營的棒子交給第二代，而第二代在娶了美麗的越南姑娘後，將生意都交由越南媳婦打裡，雖然這位越南媳婦也將麵館經營得有聲有色，但也將麵館外場服務的客家婆婆媽媽換成了從越南來的工作人員，因此親切的客家話變成了陌生的越南話或是生澀的國語，頓時那份親切感就不見了，在吃過幾次後，感覺味道也變了，從此我就鮮少再踏進賴新魁麵館吃粄條了。

名導演侯孝賢以一部《冬冬的假期》，讓人見識到銅鑼鄉村的美景，這是一部以朱天文與朱天心回憶童年故事的電影，拍攝的主要場景在銅鑼的新隆村與盛隆村一帶及朱天文的銅鑼外公家。銅鑼鄉是台灣杭菊的主要產區，每年的十一月起杭菊盛開，總會吸引許多愛花使者的追隨，在美麗的杭菊田裡出現許多靚麗的倩影與花比美。

銅鑼杭菊出名，而飲食小吃也不遑多讓。位於台十三線旁銅鑼加油站對面的老楊牛肉麵（現在交由第二代經營，改名為韓鄉村牛肉麵），就是一家媒體曝光率非常高的牛肉麵店，因此吸引很多慕名而來的食客。這家牛肉麵口味如何，因為我沒有吃牛肉，所以就沒機會吃到這家媒體競相報導的牛肉麵，但是曾有一次陪著慕名而來的朋友一起前往，它的牛肉麵分量很多，一端上桌就充滿紅燒牛肉的香氣，而且價格不貴，因此吸引許多饕客前往。看著朋友滿頭大汗，津津有味地吃著牛肉麵，桌上一大碗酸菜也被他吃了快半碗，我想這碗牛肉麵的滋味應該是不賴吧！

來到銅鑼既然無法吃牛肉麵，我會到附近的小宋餃子館點一籠蒸餃或是一碗榨菜肉絲麵，配上一碗酸菜豬血湯。小宋餃子館的蒸餃皮薄餡多，一口咬下，鮮美的肉汁就在口中散開，將餃子沾點麻油、醬油、醋調和而成的沾醬，讓醬油的香、醋的酸逼出肉餡的滋味，這時滿口肉香、醋香、麻油香，香味撲鼻。榨菜肉絲乾麵則充滿油蔥的香氣，加上榨菜的鹹酸滋味，讓一口乾麵充滿迷人的味道。它的豬血湯則是以豬大骨加上酸菜熬煮而成的湯頭，豬血不乾不材、滑嫩順口，那種鹹中帶酸，酸中帶有肉汁香甜的美好滋味，有時喝完一碗豬血湯後，還會有再來一碗的衝動。

賴新魁麵館

客家粄條

吃在苗栗 之四

竹南是苗栗海線的起點，居民以閩南人為主。竹南近年因為科學園區的進駐，外來人口不斷增加，人口成長迅速，因而超越苗栗市成為苗栗縣的第二大鄉鎮。竹南鎮因為區內有一個龍鳳漁港，因此來到竹南品嘗海味是無可避免的事，在竹南龍鳳里媽祖廟附近（媽祖廟外有一尊超大的媽祖塑像）的「阿標海產」是當地非常著名的海產店。阿標海產的魚貨都是每天向漁港的漁船購買，因此漁船捕撈到什麼魚，餐廳就做什麼菜，菜式不固定但絕對新鮮好吃，因此每到用餐時刻，總是人潮滿座。

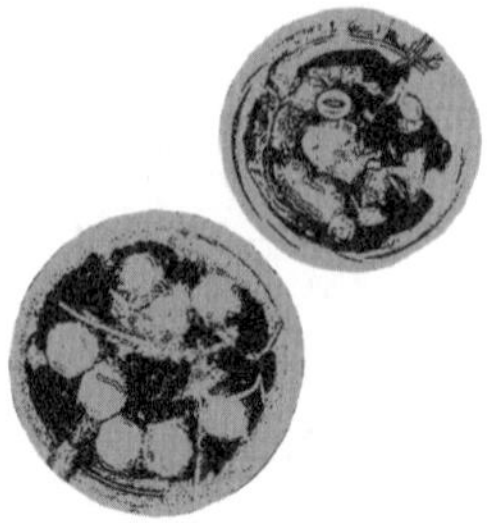

因為對海鮮的熱愛，每當饞蟲興起，我就會前往阿標海產解解饞蟲，久了之後阿標也認得我這張熟面孔。眾所周知，吃海產人越多越好點菜，菜色也就豐盈滿桌，但像我這種好食之人，只有三兩好友想吃海鮮解癮時，來到阿標海產，老闆也會很貼心的幫我們準備。這時老闆就不會讓我們點菜，只吩咐工作人員找位置讓我們坐下，並說等一下出什麼菜就吃什麼菜，包準滿意，而且便宜又實惠。不久之後，一道道美食上桌，蚵仔披薩、生炒花枝、乾煎臭肚、味噌鮭魚頭湯……。讓我們幾位好食之人吃巧又吃飽，滿足了口腹之欲，花費又不多，實在非常划算。老闆如此貼心地為客人的荷包著想，也難怪他的生意日益鼎盛，人潮滿座。

阿標海產平日與假日都是人潮滿滿，所以想吃美味的海鮮一定要避開吃飯時間，要嘛提早在用餐時間之前去吃，不然就要等到餐廳休息前三十分鐘到達，可避免長時間的等待。因為生意實在太好，常常看到餐廳老闆娘，總是愁苦著一張臉在餐廳裡穿梭，當客人上門時，總會拉開嗓門大聲地招呼客人入座。因此在與他們熟悉之後，有時吃完飯結帳時會跟老闆娘開個小玩笑，「怎麼海產店的生意越好，老闆娘的臉色越難看！」老闆娘便會無奈地笑著說道：「看著吃飯時間這麼多人等吃飯，整個人不知不覺就煩躁起來，一心只想讓大家趕快坐定，吃完飯趕快走人！」這真的是餐飲業無奈的心聲，生意不好，煩惱客人不來，餐廳恐怕無以為繼；生意太好，又煩惱客人太多，忙不過來，影響餐飲品質。所以每一行都有每一行的苦處，不要只看到別人風光無限的表面，其實背後付出的辛苦與勞累，是外人無法深刻體會的。

有時候只有一個人來到竹南，不能到阿標海產吃海鮮，但又想吃吃海味解癮，這時候，到竹南郵局附近的「海味羹」小吃是不錯的選擇。這裡的魚皮湯、海味羹都非常的值得推薦。魚皮湯甘甜清爽、料多味美，只消一個銅板的價格就可以品嘗到新鮮海產。而海味羹口味則濃郁鮮甜，以魚酥搭配魚丸，幾片九層塔放在羹湯上提味，魚酥的脆、魚丸的嫩、九層塔的香、羹湯的鮮，讓味覺與嗅覺一次在唇齒之間相互纏綿，讓人不禁一口接一口，欲罷而不能。

後龍因為靠海，沙地土質鬆軟適合栽種西瓜，每年到了五月、六月西瓜產季，整個省道、西濱公路旁一頂頂賣西瓜的帳篷就搭設在公路兩旁，讓路過的遊客選購。後龍還有個外埔漁港，因此這裡的海鮮也非常地有名，在後龍媽祖廟旁的「阿水飯店」就是以海鮮料理聞名。阿水飯店裡一樣沒有固定菜單，顧客點餐要依照當天進貨的魚鮮點菜，因為漁貨新鮮，所以吸引許多喜歡海鮮的饕客前往品嘗消費，只是價格稍貴，點菜前要先詢問價格。而飯店也接受整桌訂購，由餐廳統一配菜，顧客可以吃到不錯的海鮮，價格也較單點便宜。

曾有一次為了感謝辦公室同仁在工作上的協助，我在阿水飯店訂了一桌海鮮大餐招待他們，各類魚蝦鮮貝、羹湯菜蔬應有盡有，讓大家大快朵頤一番。在餐後，飯店還加贈了一盤拔絲地瓜讓大家享用，沾滿糖汁的地瓜在冰水上輕輕過水一下即可食用，一口咬下外皮冰涼脆甜，裡面溫熱鬆軟，真的是說不盡的好滋味，讓幾位女同事讚不絕口。回到辦公室之後，大家還意猶未盡地討論著阿水飯店的美食——拔絲地瓜，而絕口不談剛剛吃完的各類海鮮美食，這時我的心中便一頓狐疑，難道以後要請他們吃飯時，只要每人分送一盒拔絲地瓜或是蜜地瓜就可以了嗎？真是糟蹋了這一餐美味的海鮮，竟然沒有人能給予一個深情的回味，唉，情何以堪啊！

在後龍媽祖廟的對面廣場，還有一家獨特的地方小吃「後龍黑輪伯」，這是一家全部以賣黑輪為主的小吃店，一個約一米寬，二米長的特製不銹鋼容器，裡面煮著滿滿的黑輪，遠遠的在廟口就可聞到黑輪飄出的香味，它的黑輪分A、B、C、D四種套餐，價格也都不一樣，讓消費者自行選用。因為大鍋煮的黑輪，湯頭非常甜美，加上店家自製甜甜辣辣的沾醬，一口黑輪、一口熱湯，鮮甜的味道就瀰漫在整個嘴裡。

西湖鄉素有苗栗柚子故鄉的美譽，出產的各類柚子品質都非常高，在市場上頗有聲譽，每年到了三月柚子開花時節，一朵朵潔白無暇的小花，飄出淡淡的幽香，讓整個西湖鄉呈現「柚香柚美」的景致。西湖鄉是個單純的農業鄉鎮，鄉內除了有一座吳濁流文藝館外，幾乎沒有特殊的觀光景點，因此來到西湖觀光的人潮並不多。這裡的特色小吃「阿玟姐肉粽」位於西湖鄉湖東村，裡面有各種客家米食製品，蘿蔔糕、鹹肉粄、艾草粄、月桃葉粽、客家麻糬……，都是店裡有名的客家米食小吃，也是深受當地居民喜愛的家鄉美食。

提到通霄就離不開聞名全台，神威顯赫的白沙屯媽祖，在通霄鎮北方的一個小漁村，一座占地不大的媽祖廟，每年總能吸引數萬香燈腳陪著白沙屯媽祖婆從白沙屯走到北港，再從北港走回白沙屯。那種撼動人心的陣容，及沿途信徒攜老偕幼追尋膜拜的場面，處處顯出白沙屯媽祖婆的溫柔與慈悲；種種神蹟的顯現，不知感動多少人的內心，讓隨行的群眾動容。

隨著白沙屯媽祖的盛名遠播，各地來廟裡膜拜的人潮也跟著多了起來，也因此帶動地方小吃的興起。因為白沙屯位在海邊，蚵嗲就是這裡的美食之一，在媽祖廟前的「廟口蚵嗲」便是當地的排隊美食，它的特點在鮮蚵又肥又大，吃起來十分過癮。另外隱藏在巷弄裡的「白沙屯肉餅店」是一家專門製作傳統大餅的餅舖，它的滷肉綠豆椪鹹中帶甜，充滿古早味的味道，是很多遊客來到白沙屯必帶回去的伴手禮。

通霄鎮上的美食小吃大都集中在市場周圍及中正路上，這裡以水煎包最有名，光在這附近就有「王家煎包」、「賴家水煎包」及「邱記煎包」，每家的煎包各具特色，也都有各的支持者。王家煎包的內餡為韭菜冬粉，外皮煎得非常酥脆；賴家水煎包的內餡有韭菜、冬粉、肉末、高麗菜，餡料豐富，但酥脆度較差；邱記煎包的內餡為韭菜、冬粉、肉末，外皮焦脆，餡料炒得較香。邱記煎包因鄰近菜市場，早上時間就有許多人排隊等著買煎包，若想要吃到美味的煎包，要及早前來排隊，以免向隅。

苑裡鎮以藺草編織聞名，它鄰近台中大甲，所以早期的「大甲蓆」就是由苑裡出產的藺草蓆。苑裡鎮著名的美食小吃都集中在苑裡市場附近，如在天下路的茂焱肉丸與新興路的金光肉丸，這兩家的肉丸及魚丸羹都受到消費者的喜愛，而且不管是肉丸或魚丸羹，兩家的口感都相似，據說是師出同門的關係。他們肉丸皮薄又Q軟，內餡包以竹筍、肉末，配上他們特調的醬汁，滋味非常特別。而魚丸羹更是值得推薦，每顆類似小彈珠的魚丸，剛好一口一個，配上以酸筍調製的羹湯，口味清爽不油膩，喝完一碗魚丸羹後，總有一股意猶未盡的感覺。

而聞名全台的垂坤肉鬆店也位於市場的大同路上，這裡的豬肉製品廣受消費者的喜愛，不管是肉鬆、肉乾、肉片、肉紙，琳瑯滿目。且因網路無遠弗屆的傳播，每到假日來自全國各地的遊客便來此大肆採買，所以常常可以看到一群人拎著大包小包從市場裡走出來。在傳統市場裡還有兩家專門賣苑裡魚丸的攤家，一家為王記，一家為鄭記，王記魚丸口感較紮實，鄭記魚丸口感較鬆軟，消費者可依自己喜好選購。將魚丸買回家後，搭配麵條煮成魚丸湯麵或單獨煮成魚丸湯，就是一道充滿海洋鮮味的美食饗宴。

苗栗十八鄉鎮的飲食特色各有不同，走一趟苗栗就可以品嘗到山珍、海味、客家菜、閩南菜……等各類特色小吃，讓你以小小的花費卻擁有大大的享受，絕對是值得造訪的一個幸福縣市。當我們每天忙忙碌碌於工作，孜孜矻矻於生活；每天在柴米油鹽的日子中打轉，在治絲愈棼的環境中掙扎時，何妨讓自己喘一口氣，來一趟苗栗山城之旅，讓美景洗滌我們的心靈，讓美食療育我們的口慾，讓生命在無盡的壓力中得到喘息，享受一段「歲月靜好」的美好時光。

#苑裡

#金光肉丸

我喝的不是一碗粥

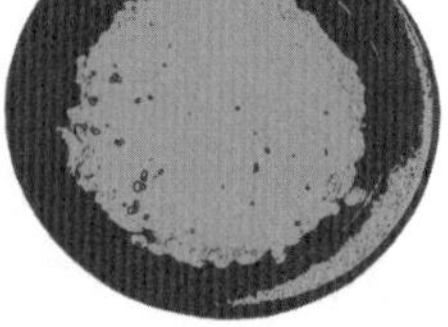

一早起床，看到女兒已頹廢地躺在沙發上，發出微弱的求救訊號「爸爸，我拉肚子了！」拜昨天午餐吃麥當勞與達美樂之賜，女兒昨天晚上已出現胃腸不適的症狀，看到今天早上的情況，我想她應該是吃壞肚子，腸胃炎上身了。出門上班前，用電鍋煮了一鍋「白稀飯」，交代她肚子餓就只能喝白稀飯，其他食物禁止入口，我便匆匆外出工作。

晚上回家，看著女兒笑盈盈地前來開門，應該是腹痛情況有所改善。還來不及問她肚子還不舒服嗎？她已主動開口，「爸爸，肚子已經不痛了，晚上應該不用再喝粥了！」我笑了笑，走進廚房打開電鍋，裡面還有半鍋粥保溫著。既然病人已不想喝粥，總不能暴殄天物把半鍋白粥倒了，最後只能由我幫忙來收拾殘局，把白粥從電鍋中拿出來，等放涼後再放入冰箱冷藏，準備明天拿來當早餐食用。

晚餐過後，白粥已涼，看著眼前這半鍋白粥，腦海中閃過一絲模糊的畫面，我隨即拿個碗，盛起半碗白粥，再到冰箱拿起糖罐，舀起一小湯匙紅糖，倒入白粥內。看著紅糖緩緩地溶解在白粥中，一股淡淡的甜味和著微微的米香，慢慢地飄進了鼻腔，泅進了腦海，悄悄地打開記憶之門，讓往事在腦海中不斷地翻滾躍騰，整個人宛如走進入了時光隧道中……。

我出生在一個務農的家庭，從小家裡種稻、種花生、種地瓜……。以一般人的觀感，一定會認為小時候的我是衣食不缺。但，其實不然。小時候家中雖然種稻，但是鮮少能吃上一頓白米飯，除非有客人來家中作客，否則家裡日常三餐，若在出產地瓜的季節，一定是米飯裡加上一大鍋地瓜；若不是在地瓜生產的季節，飯鍋裡出現的是一鍋黑漆麻烏的乾地瓜籤飯，稀疏的白米點綴在上頭，偶而會有幾隻白白的蛀蟲屍體夾雜在地瓜籤飯中，為我們這一群缺少蛋白質的黃口小兒補充營養。

偶而，家裡的早餐會煮上一鍋白稀飯，再配上一大碗醃醬瓜，這樣的早餐，對一個長期處於飢餓狀態的小孩而言，簡直是一餐珍貴的上方美食；對一個無法常常吃到白飯的孩子而言，那種滋味就是人間珍品。所以只要哪一天是吃白稀飯配醬瓜，我心中的喜悅猶如是一隻騰空飛躍的小鳥，興奮之情難以言說。

白稀飯雖然好吃，但就是容易餓，所以每每早餐不久後，十點不到我已餓得眼冒金星、腦袋空空、四肢無力、冷汗直流。這時我會去翻翻早上的飯鍋，看看是否還有殘羹剩飯，有時很幸運，飯鍋裡會留有一點點稀飯，我便拿起碗，把飯鍋裡的冷粥一傾而盡，全數倒入碗裡，再到櫥櫃裡找紅糖，舀一匙紅糖，迅速地與稀飯拌勻，等白粥呈現均勻的黃褐色，再慢慢品嘗那種又甜、又綿的滋味與口感。在那個想吃零食都不容易的環境裡，一碗白粥拌紅糖就是我的瓊漿玉液，也是我在艱苦環境裡苦悶心情的出口，更是我對美好童年的記憶。

看著碗中的紅糖已經完全地陷入白粥內，我也從昔日的記憶中拉回現實的時空裡。同樣的，我迅速地拿起筷子，將紅糖與白粥攪拌均勻，看著白粥的顏色逐漸加深，呈現出透著光澤的黃褐色。端起碗，輕啜一口，微甜的滋味從舌尖慢慢地滑入喉嚨，整個嘴巴裡充塞著一股幸福的滋味。瞬時，時間彷彿又迴轉到那令人懷念但又無法追回的童年歲月。

一碗淡而無味的白稀飯，一瓢單純香甜的紅糖，兩者的再次結合，讓舌尖觸動塵封已久的記憶，讓我的內心澎派激動不已。一個簡單的味道，記憶著難以忘懷的童年苦澀酸甜，雖然往日時光已遠離，但那個難忘的滋味，卻永遠縈迴在我的心中。今天我喝的不是一碗粥，是我難忘的人生滋味。

#白粥

#淡而無味

痴情種與油雞飯

從來沒想到會有這麼一天，竟然會為了一盤油雞飯而修書立傳，我想，油雞飯你值得了！

俗話說：「天下無難事，只怕有心人」，其實吃個油雞飯，根本不是難事。但遇到我這個有心人，連吃個油雞飯，都是故事連篇，因為，在我重返校園求學的日子，我在學校餐廳吃了兩年的油雞飯。為了令人日日朝思暮想，夜夜輾轉反側的油雞飯，縱然學校課程學分已修滿，仍藉著要充實

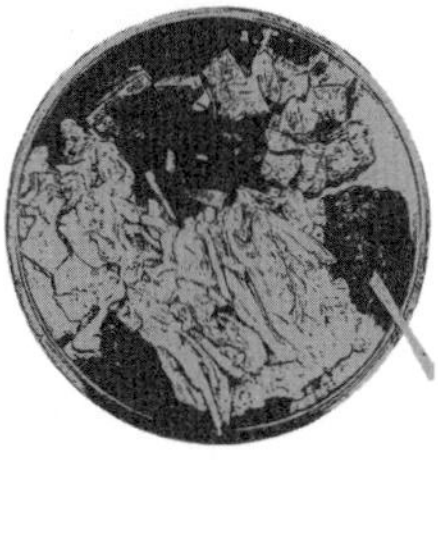

中國文學素養，一大早便到學校旁聽中國文學史；為了中午能吃到油雞飯，下午還約了崔鶯鶯，來到西廂瞞著老夫人偷偷約會。其實，無關中國文學素養的提升，也無關鶯鶯小姐的美貌動人，只為那令人殷殷期盼、垂涎欲滴的油雞飯。

與油雞飯結緣，那是兩年前的事了。為了一圓讀研究所的夢想，離開了職場，重回學校當一位「新的」老學生，此時心中真的興奮莫名。每每揹著書包跑堂上課，穿梭於學校的廊廡之間，聚精會神地專注於老師的課程，心中的滿足感真是不可言喻。但，只要接近中午時分，肚皮總是不爭氣地開始哀號——餓、我餓。舉頭瞥望老師，低頭思忖著中午該吃點甚麼呢？才能安撫饑餓的肚皮。偷偷看著手錶上的秒針，有氣無力慢吞吞地似乎不肯往前走，時間有如定格般的凝重。饑餓的肚皮、煎熬的心情，倆倆交雜在空洞無神的腦海，心中怨念著，下課鐘聲您何時才會響啊！

下課的人潮如海浪般地湧入學生餐廳，看著黑壓壓的一顆顆人頭，一步步將自己淹沒在人海之中，自己就像是飄盪於海上的難民，奮力、掙扎、前進，希望在茫茫人海中求得一線生機。此時不敢奢望有何美饌珍饈可以細細品嘗，只希望找到能安撫饑餓肚皮的食物，讓自己有體力能夠繼續下午的課程。終於，在漫長的排隊等待之後，聽到一聲希望的吶喊：「同學，吃什麼？」喔！愣了一下，原來輪到我點餐，看著琳朗滿目的菜單，炸排骨飯、炸雞腿飯、炸魚排飯……，終於在一堆炸物中，找到了一份非炸物的餐食——油雞飯，毫無懸念的，從此油雞飯便在我的生命中佔有一席之地。

兩年求學的歲月，我們總會相約在餐廳的一隅，享受彼此的溫柔；在空堂的教室裡，吸取迷人的芬香；在鳥囀蟬鳴的樹蔭下，傾訴美好饗宴的滋味。不管是陰雨霏霏、寒風刺骨的日子，不管是風和日麗、豔陽高照的天氣，只要是我到學校上課的日子，我倆總是相依相偎，形影不離，正所謂「你既不離不棄，我也唇齒相依」，只要有我，就會有油雞飯的陪伴。

有人可能會疑問，一直吃油雞飯難道不會膩嗎？其實這與個性有關，我是天生的痴情種，只要是愛上了，就會死心塌地地認真去愛。當你是認真時，就像一對熱戀中的情人，總是期盼能夠天長地久，海枯石爛；能夠日日相隨，夜夜相伴，所以怎會嫌膩呢？因此就算讓人笑痴、笑傻，自己也無所謂，因為我承認自己是一個痴心絕對，天生多情的痴情種。

激情總有過後之時，熱戀總有冷卻的時候，縱然與油雞飯有千絲萬縷的情意，但，時間到了只能無奈地分手。當這學期結束學校課程後，將留在家中閉關，專心完成研究論文，未來到校的機會就不多了，想要藉機吃油雞飯的理由也蕩然無存，雖然心中萬般不捨那段油雞飯的日子，但因為有你的陪伴，讓我這一段在研究所當學生的生涯，過得既充實又飽滿，心中已了無遺憾，因為至少「我們曾經一起擁有過」。

#油雞飯

#學生生涯的陪伴

虱目魚的誘惑

當你每天早上在為早餐要吃燒餅油條配豆漿，還是要來一份漢堡或三明治配奶茶而天人交戰時，來一趟府城台南，絕對顛覆你對早餐的認知。沒有來到台南之前，絕不會想到台南人的早餐是這麼的「澎湃」。不像一般西式的連鎖早餐到處都有，沒有特色，台南人的早餐很特別：有肉燥飯、牛肉湯、豆菜麵、土魠魚羹、粽子（葷素皆有）、鹹粥、豆簽羹、碗粿……，不僅種類多樣，而且道道都是極品美食。其中最令我讚不絕口的，是由虱目魚製成的各式料理：虱目魚肚、紅燒虱目魚頭、虱目魚腸、魚皮湯。

其實對虱目魚，我是又愛又恨。喜愛它的美味，但又恨它的多刺，因此說到要吃虱目魚，我是能免則免，能避則避。因為從小多次被虱目魚刺卡喉的痛苦經驗，心裡早就對虱目魚留下難以抹滅的陰影，沒事少碰虱目魚是我吃魚的準則。但這個界繩就從我來到台南吃了虱目魚的早餐後，徹底將虱目魚多刺的刻板印象抹除，也深深地愛上了「這一味」。往後只要我來到南部，就會想吃一頓虱目魚大餐，以解多日的思念之苦。

初入職場時，與主管一起來到台南出差，出生於台南眷村的主管，對於我們這群新來的子弟兵照顧有加。為了盡到地主之誼，便約我們一起去吃早餐。這時我心中便盤算著，可能要帶我們去吃哪一位老兵開的豆漿店，喝一喝道地的眷村味。他開著車載我們來到開元路的一個小攤，專門賣虱目魚的料理，剛開始心中猶疑了一下，蛤！早餐吃這個嗎？看主管進到店內開始點餐，才確信今天的早餐是吃虱目魚。攤位老闆陸續上菜，肉燥飯、紅燒虱目魚肚、汆燙虱目魚腸、虱目魚皮湯擺滿了小小的餐桌。此時熱氣氤氳，空氣中飄來微微的魚鮮味，看著燒得油光氾濫的虱目魚肚，虱目魚油還在魚肚上不停地顫動，彷彿在向我招手：「趕快來吃我吧！」看著秀色可餐的魚肚，嘴裡的口水也不爭氣地在齒縫間穿梭游移，只要稍不留神可能就會垂涎滿地。

雖然這個早餐的內容與我對「吃早餐」的認知差異很大，但美食當前，總不好辜負已在五臟六腑翻騰許久的肚腸大人對食物的殷殷期待，扒著香氣四溢的肉燥飯，感受渾圓的米粒及燉得糜爛的肉燥；配上油光閃動的虱目魚肚，吸吮入口即化的魚油；夾起鮮脆的虱目魚腸，沾著與薑絲混合的醬料一口吞下；再喝下那碗撒著青綠蔥花，鮮美無比的魚皮湯。此時滿嘴油光，齒頰留著迷人的虱目魚香，一種幸福的感覺直接從胃腸衝到天靈蓋，真是令人滿足啊！有了這次來台南吃早餐的經驗，我才深深的體會到，原來早餐不是只有燒餅油條配豆漿，原來虱目魚的吃法有這麼多種。往後的日子裡，只要來台南，虱目魚絕對是早餐的首選。

因為工作的關係，也常會到高雄出差，在台南吃慣了虱目魚早餐，心裡總想著與它比鄰的高雄應該也有賣虱目魚的早餐吧！有了這個想法，便起身穿梭在高雄的大街小巷，尋找虱目魚店的蹤影，希望也能在此一嘗虱目魚大餐的風華。但台南與高雄的飲食文化畢竟不同，要找到一家賣虱目魚料理的店，竟是如此的困難。就在心裡想放棄在高雄吃虱目魚大餐的念頭時，有一天，早上五點不到，和同事走出飯店想去吃早餐，就在飯店的隔壁條巷子內，有一家用布棚子搭建的小吃攤，專賣傳統的中式早餐餐點。

我兩坐定各點一碗滷肉飯後，問老闆有賣甚麼湯？老闆隨口說，「要不來碗虱目魚肚湯，魚車剛下完貨，新鮮的虱目魚。」聽老闆一說，我們兩人的眼睛隨之一亮，馬上請老闆各來一碗。此時老闆以嫻熟的技巧將虱目魚處理乾淨，隨即取下虱目魚肚，為我們煮了兩碗鮮美無比的魚肚湯，當熱騰騰的魚肚湯端上來時，肥厚的魚肚，肉質又嫩又細，配上滷肉飯真的是又鮮又香。正當我們沉醉於這碗迷人的虱目魚肚湯時，老闆又向我們推薦剛剛紅燒完成的虱目魚頭，他說：「這虱目魚頭是放進滷肉鍋和肉燥一起滷，不但有魚的鮮味又飽含滷汁的香氣與膠質。」就這樣，一頓意外的早餐，讓我們夙願得償，了卻吃虱目魚早餐的心願。在高雄大街小巷一直找賣虱目魚料理的早餐店，它竟然就窩處在飯店的附近，「眾裡尋它千百度，驀然回首，那店卻在燈火闌珊處。」真的是「踏破鐵鞋無覓處，得來全不費工夫啊！」

從此之後，每次來到高雄出差，我們必起個大早，來到這家不起眼的小攤子，品嘗現殺現煮虱目魚的風味，那厚實的魚肚，肥美的油脂，絕非一般市售的冷凍包裝虱目魚肚可比擬。一碗滷肉飯、一碗魚肚湯、兩顆虱目魚頭就把我們的腸胃制伏得服服貼貼，只要一段時間沒吃，肚裡的饞蟲就會蠢蠢欲動，讓人恨不得快點安排出差到高雄，再度品嘗這如蓴羹鱸膾般的珍饈美饌。

時間輾轉而過，多年以後，我離開了原本的工作崗位另謀高就而去，因此，也遠離了台南與高雄這兩處工作地方。告別了虱目魚的早餐，實在讓人念念不忘，偶爾想起昔日的美味，就讓人掀起無限的蓴鱸之思。希望有機會，能再回到台南或高雄去品嘗那個誘人的虱目魚早餐，把多年的思念，全部吃進肚子裡，讓誘惑不再作怪，讓思念不再蠢動，讓口慾不再不滿，讓腸胃得到滿足。

虱目魚
又愛又恨

思念的味道

從小便很喜歡聽這首民歌〈思念總在分手後〉，悠揚的琴聲配上葉佳修獨特的嗓音，緩緩地唱出「想要瀟灑地揮一揮衣袖，卻拂不去長夜怔忪的影子，遂於風中畫滿了妳的名字，思念總在分手後開始……」，每每聽到這首歌後，那一字一句便低迴在心靈深處，激盪著無限的遐想。因為「思念」對我而言，是一種神聖而難以想像的東西。

從小因個性內向，羞於與人交往，及於長大，一直處於一種動物的身分——單身狗。四處流浪，孑然一身，所以無法理解「思念」是為何物。後來，在我「而立」之前，被內人從茫茫人海中領養回去，從此過著「寵物」般的幸福日子。但因個性木訥使然，慢慢地，我被圈養成一頭「宜室」、「宜家」，但，「不宜外出」的宅獸。因此，凡工作出差，鮮少在外面過夜；外出旅行，必全家出動，大小行當準備周全，更恨不得把房子拆了一起塞進行李箱，這樣心裡才會踏實些。也正因如此，更不知「思念」是為何物！

相較於徐志摩「揮一揮衣袖，不帶走一片雲彩」對感情的剛毅決絕，我倒欣賞葉佳修那種纏綿悱惻「拂不去長夜怔忪的影子」、「思念總在分手後」的悠悠情懷。那是一份柔軟、綿長且難以觸及的念想，也是「多情總被無情傷」的例證，更是少年時期呆傻的我，對感情懵懵懂懂的幻想。

所以「思念」對我而言，一直是難以理解的事情。及至中年，為了追求年少時的夢想，為了打發無聊空洞的時光，為了證明「廉頗老矣，尚能飯否？」毅然決然地離開職場，勇敢地走回校園，重新當一位「老學生」，這時才讓我體驗到「思念」的真正滋味。當時帶著忐忑不安的心情，戰戰兢兢的背著書包，遊走在校園的迴廊，穿梭在各個教室之間，再度享受當一位全職學生的樂趣。就在此時，我的生命中卻遇到了它——油雞飯，而「思念」也就在此時開始萌芽。

從此，油雞飯便在我上學的日子裡，不離不棄的陪著我。不管是春雨霏霏，靡霧淫淫，看著落紅不是無情物，化作春泥更護花的日子；或是夏蟬唧唧，烈陽豔豔，莘莘學子唱著青青校樹，灼灼庭草的季節；還是秋蛩低吟，金風颯爽，能舉杯邀明月，與李白相約對飲的秋夜；抑或是在北風簌簌，落葉戚戚時，在大肚山上聽朔風傳金柝，看寒光照鐵衣的冷瑟冬晚，只要校園裡出現我的蹤影，油雞飯便無怨無悔地來照顧我飢腸轆轆的肚子。在我在絞盡腦汁，思考著《莊子》的「用」與「無用」的哲學思想，對生命的價值重新體認時；在我沉醉於中國詩歌的美好，品讀著李白〈古朗月行〉體驗詩仙憂國憂民的愛國情操時，能有體力與這些浩瀚的文學作品繼續奮戰下去。

三年研究所的學習日子，除了第三年閉關，足不出戶地在家寫論文外，前兩年在學校修課的期間，我是天天吃油雞飯。有人曾經問我：「你不會吃膩嗎？」我笑著回答，「你和女朋友在一起時會膩嗎？」我想，如果真的喜歡，怎麼會膩呢？還巴不得天天在一起啊！我對於油雞飯就是這種感覺。

今年六月，順利完成論文與口試，正式宣告我畢業了，那也意味著，我與學校餐廳油雞飯的故事，也畫上句點。沒有畢業典禮，沒有畢業照，僅拿著一張畢業證書與一只證明我很用功的斐陶斐勳章，默默地走出校園。回首這三年的學習，讓我重新找回我自己，原來「廉頗還沒有老」，原來以「背多分」奉為圭臬的我，記憶力還是很強。來到靜宜大學中文系，不但讓我真正體會讀書的樂趣，也讓我重新建立自信心，不再懷疑自己的能力，更讓我品嘗到那令人難忘的好滋味——油雞飯。

日昨，指導教授要我回學校一趟，心裡便默默的盤算著「中午一定要到學生餐廳吃油雞飯」。當我踏上校園的那一刻，一股莫名的衝動油然而生，兩隻腳好似裝上自動導航，直接奔往學生餐廳而去。當走入地下室，那熟悉的場景，從眼前迅速閃過腦際；那熟悉的味道，從鼻腔直接灌入腸胃。口水已經不聽使喚的蠢蠢欲動，從舌尖流入食道；飢餓已藉著咕嚕咕嚕的喊叫聲，對我提出嚴重的抗議。我迅速閃入如海浪奔來的下課人潮，在排隊人群的等待中，冥想著油雞飯的美好滋味。

端上熱騰騰冒著白煙的油雞飯，來到餐廳一隅坐定，當裊裊的飯香隨著熱氣蒸騰而上，此時已不自主地閉上雙眼，深嗅那空氣中微泛著米香的白飯。拿起湯匙，舀起一口白飯，當舌尖碰觸到米粒時，溫熱的觸感讓人在冷涼的秋日裡，充滿絲絲的溫暖。細細咀嚼口中白飯，微甜的滋味充塞在口腔裡，那種幸福的感覺，就像初戀情人一般，心心念念著天長地久，雋永綿長。而配菜油雞，更是令人垂涎欲滴，油潤的光澤，細嫩的肉質，讓人看了便忍不住夾一塊入口。輕輕一嚼，甘甜的滋味，伴著Q彈的雞肉，整個肉香迴旋在嘴裡，讓人捨不得一口吞下。享受這一盤油雞飯，猶如吃了一頓滿漢大餐，讓人淋漓盡致，回味再三，難以忘懷。

幾塊油雞，幾樣簡單的配菜，沒有過多的烹調，沒有其他佐料的掩飾，原汁原味讓人吃出食物的「真味道」，這就是學校餐廳油雞飯的魅力，讓我在修課期間，每天不離不棄的與「它」唇齒相依；也讓我體會到了「思念」的滋味，在我畢業離校後，還一直惦記著那種香香的、甜甜的，無限迷人的味道；更讓我終於明白「思念總在分手後」的真義，那是一種期盼，心中懷著一點點不捨的念想。

寒天裡的烏魚米粉

「烏魚」是這著季節最令人無法抗拒的美食，早期台灣有句俗諺「冬節吃烏魚」，每年一到冬至前後這段期間，便是烏魚盛產的時節，這時候的烏魚碩大肥美，肉質鮮嫩，是當時當令的美食。

利用假日出門採買一周的「戰備物資」，當到市場的水果攤，採購了所需的各類水果，拎著大包小包準備回家時，忽然瞥見前方魚攤上出現了烏魚的蹤影，此時，腦海中立即閃過一個飄出香噴噴味道的「烏魚米粉」畫面。

於是，又在魚攤上選購了一條又肥又大的烏魚，想著今天中午就可以來個與「烏魚米粉」的午餐約會，心裡的期盼猶如久旱之逢甘霖，雀躍萬分；嘴裡的口水恰似氾濫的洪峰，從齒縫裡漫過了舌尖，讓我迫不及待地拎著今天的戰利品，心滿意足地迅速回家。

小時候，烏魚對我家來說是一種非常珍貴的魚類，因為當時還沒有人工養殖的烏魚，想要吃到美味的烏魚，只有等到數九寒天，一波波冷氣團隨著強烈的北風南下時，烏魚才會隨著寒流南下避寒。當漁民聽聞到烏魚的漁汛，便會開著漁船出海捕撈，這時才有烏魚可吃。但也因此，野生烏魚的價格非常昂貴，所以平常的日子裡，家裡是捨不得買烏魚來吃。

大姑媽家住在雲林縣口湖鄉，從事魚蝦貝類的養殖，因此每逢烏魚魚汛到來的季節，就會買條烏魚與豬肉，回娘家來探視爺爺與奶奶。奶奶便將大姑媽帶回來的禮物，料理成一大鍋誘人的「烏魚米粉」，讓全家人享用這個季節裡老天爺特別恩賜的美食。所以每次只要看到大姑媽拎著烏魚回娘家時，最高興的應該是我們這一群隨時處於飢餓狀態，嗷嗷待哺的小孩，因為我們又可以吃到那個令人想念的好滋味。

為了料理這一鍋「烏魚米粉」，奶奶囑咐我到村子唯一的「柑仔店」買回一大包米粉後，便開始展露一手她高超的廚藝。她先將豬肉放入鍋中加水煮沸燙熟後撈起備用，再將烏魚去鱗洗淨，烏魚從中剖成兩半，並切成塊狀。接著倒入麻油熱鍋後，將切好的魚塊全數倒入熱鍋中稍微拌炒，等空氣中飄出陣陣的麻油香氣，便將剛才煮肉的高湯全部加入鍋中以文火慢慢燉煮。在等待魚湯滾沸的同時，奶奶會交代我將米粉放入水中泡軟，待鍋中魚湯滾沸，奶奶便以嫻熟的手法，將泡軟的米粉撕斷放入鍋裡與烏魚一起共煮，等湯水再度滾沸，加入鹽巴調味後就大功告成。

看著潔白如玉的湯頭，聞著空氣中散發出來鮮甜的烏魚混合著誘人的麻油香氣，我已不知不覺地口水流了滿地。但為了讓「烏魚米粉」達到完美的境界，奶奶這時候還不會讓我們盛上這鍋令人垂涎三尺的「烏魚米粉」來品嘗，一定要等到米粉吸滿了湯汁後，她會再切幾片剛剛燙熟的豬肉放入鍋中，這時才大功告成。一碗「烏魚米粉」有著魚肉的鮮嫩、豬肉的厚實、湯頭的甘甜、麻油的香醇，尤其是吸滿湯汁的米粉，更是集合了所由食材的精華，當把一口米粉含在嘴裡，那鮮、甜、軟、嫩的滋味，一直在舌尖上不停地竄動，一直在齒縫裡不斷地遊走；那勾人神魂的滋味，彷若是貝多芬的「生命交響曲」，撼動在內心的深處。

時代不停地轉變，烏魚已由野生捕撈變成為池塘養殖的魚類，因此烏魚的價格也變得非常親民。想吃烏魚，只要等冬季烏魚生產的時節一到，市場上到處都買得到烏魚，不像小的時候，非得等到寒流來襲，野生烏魚南下避寒，漁民出動舢舨、小船出海捕撈才有機會吃到烏魚。所以現在的我，想要吃到美味的烏魚，就不必像童年時期那般的殷殷期待，切切盼望，想一想，生活在這個時候真是幸福啊！

時季又來到了北風簌簌，寒雨淒淒的冬季，這時就會想到來一碗暖胃又暖心的「烏魚米粉」，再度回味那種令人饞涎欲滴的滋味。只是，奶奶「烏魚米粉」的好味道，是否能夠再度重現在我家的餐桌上，那就要看我是否還能記得，當年守在廚房裡看著奶奶料理的手法。希望我愚鈍的腦筋能快速翻轉，把當年記憶中的畫面重新找出來，依著記憶中的畫面大顯身手一番，讓我的家人也能品嘗一下，奶奶傳承下來「烏魚米粉」的好滋味。

烏魚米粉
冬節吃烏魚

冬至吃湯圓

時序已到十二月，「年」的腳步已越來越近。剛過「大雪」，天氣頓時寒冷了起來，超市裡「芝麻湯圓」、「花生湯圓」、「鮮肉湯圓」……的身影也悄悄的出現在冷凍櫃裡，不時地向往來客人展示其圓潤豐盈、光滑細緻的身軀，彷彿在提醒人們，該是吃冬至湯圓的時候了。因為受不了湯圓們集體的誘惑，我也伸手挑了兩盒猶如玉真仙子般晶瑩豐滿、珠圓玉潤的紅豆湯圓，準備今晚就來吃個熱呼呼的「冬至湯圓」。

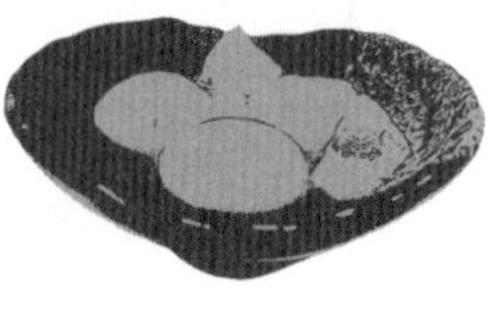

小時候一直很期待「冬至」這個節日，除了可以搓湯圓、吃湯圓外，更重要的是，吃了湯圓我便增加了一歲，這表示我又更長大了，希望大人們不要一直把我當小孩看待。所以每年到了歲末年終，我便滿心期待冬至的到來，只要聽到媽媽叫我到村子的碾米廠買一包糯米回家時，我就知道冬至快到了，要準備搓湯圓囉！

媽媽在冬至前，會先將買來的糯米洗淨泡在水中一個晚上，隔天瀝乾水分後，便交代我拿到村子的「柑仔店」輾成米漿。此時，我便和弟弟或妹妹挑著洗淨的糯米到「柑仔店」碾成米漿後，再喜孜孜的挑著米漿回家交給媽媽做後續的處理。媽媽先把米漿裝在麵粉布袋中，綁緊袋口後，便把一塊大石頭壓在麵粉袋上，讓米漿的水分緩緩滲出。等米漿水份完全瀝乾，媽媽會拿出幾塊糯米塊煮熟，再將瀝乾的糯米粉和著煮熟的糯米塊搓揉成製作湯圓的「粿」，我們一群小孩便迅速將手洗淨，個個準備大顯身手，為自己搓一碗「大小不一」、「奇形怪狀」的湯圓。等湯圓煮熟後，大夥們便在鍋裡找出哪幾顆湯圓是自己搓的，為冬至的節日增添一份歡樂的氣氛。

高中畢業離鄉北上念書，也告別了冬至在家裡搓湯圓的日子，但也讓我領略到不同的「湯圓文化」。記得那年剛上台北，冬天濕冷的木柵讓人實在難以領受，而且對於環境的陌生，讓我們幾個從南部北上求學的男生成為守護在宿舍，怕男生宿舍被搬走的捍衛戰士（唉！其實是沒地方去）。那時班上有一位身材高眺、長髮飄逸、打扮入時的台北姑娘，她竟然常常和我們這群南部來的男孩子打混在一起，雖然感覺有點格格不入，但一起讀書玩樂又非常協調。在那年的冬至前夕，大家閒聊著「冬至湯圓」的種種，我們一邊講著家鄉的湯圓，一邊流著無法控制的口水。這時，班上這位時尚的台北姑娘說道：「晚上我請大家到景美夜市吃『元宵』。」這一聽我就狐疑了，便問道：「冬至不是吃湯圓嗎？怎會是吃元宵？」這位女同學便笑著稱道：「在我家稱湯圓為元宵，且元宵是包餡搖出來的，不像你們南部單純用糯米搓成圓形的丸子！」

聽她這麼一說，我們這一群由南部北上的土包子個個你看我，我看你，完全無法想像什麼是「元宵」，而且還是用「搖的」！為了一睹「搖元宵」的廬山真面目，我們一群人便浩浩蕩蕩的從木柵走向景美夜市，在昏黃的燈光中來到了那一攤「搖元宵」的攤子。

大夥坐定後，因我們人數眾多，賣元宵的老闆建議大家點同一口味的元宵，他現搖現煮，大家可以同時吃上元宵，若口味不同恐怕有人已經吃完等候多時，有人的元宵還沒上桌。因此同學們一致點了紅豆餡的元宵，看老闆從冰箱冷凍拿出已結塊的紅豆小顆粒，放在大鐵盤上並撒下糯米粉，接著雙手不停地搖動，等糯米粉沾滿在紅豆餡上後，他用裝水的噴霧器將小元宵噴濕，再次撒上糯米粉並不停地搖動，約三到四次的工序，一顆顆渾圓的元宵便完成了。老闆將製成的元宵全數倒入滾沸的鍋湯中，不久之後，一碗碗熱氣蒸騰，飽含著辛辣薑汁、微甜糖水的紅豆元宵便擺在每一位同學的面前。

多年以後，這碗「搖元宵」的滋味如何已經不復記憶，但每年只要到了冬至，一碗熱呼呼的湯圓出現在餐桌上時，那位長髮飄逸、身材頎長的女同學身影就會縈迴在腦海中。那年，當我們傻傻分不清「湯圓」還是「元宵」時；當我們「獨在異鄉為異客，每逢佳節倍思親」時，她以一碗「元宵」消彌了一群外出遊子的鄉愁。現在回想起來，有這樣的同學真好！

關於冬至為何要吃湯圓，其由來已難以考據，但中國冬至祭祀的儀典，早在周朝時即有之。據《周禮．春官．紳士》載：「以冬日至致天神人鬼，以夏日至致地祇物魅。」所以周天子在冬至日要祭天，夏至日要祭地的儀式在《周禮》中已有明確記載。而糯米作為祭祀的供品，也從遠古時代即有這樣的習俗。《山海經．北山經》提到：「大凡四十四神，皆用稌糈米祠之。」稌米就是現今的糯米，由此可知糯米用於祭祀早在遠古時期便已流傳下來。兩者是否因此結合為冬至吃湯圓的習俗並不可考，但文化的傳承絕對有相關聯。

一顆小小的湯圓，承載著中華文化的源遠流長，它不僅僅是飲食的一環，更包含了政治、宗教、文化的多重意涵。因此當我們在「冬至吃湯圓」時，不要只有馬齒徒長之嘆，而是要以崇敬的心，看待這一顆可能從遠古就流傳下來的飲食珍寶，它的文化意義更大於口腹之慾。

#湯圓
#中華文化

只有甜蜜沒有負擔：水林黃金地瓜

每當北風吹起，寒風颯颯，就是家鄉「黃金地瓜」採收的季節。雲林縣水林鄉是全國最大台農 57 號地瓜產區，這種地瓜的特色是肉質鬆軟、甜度極高，不論是烘烤或是蒸煮，口感都非常的好，深受消費者的青睞，因此，雲林縣水林鄉也獲得了「地瓜故鄉」的美譽。

行政院政務委員張景森表示，據他父親所述：「台農 57 號地瓜是他在四、五十年前任職於雲林縣農會時，由台南農業改良場研發出來的品種。

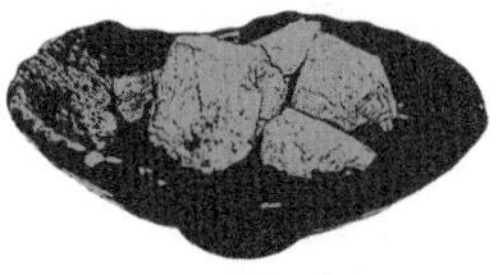

他先後在斗南、虎尾兩區負責推廣。後來把地瓜種苗送給口湖鄉農會種植，但口湖鄉農會以這種地瓜的根鬚太多，不想種植推廣。他改拿去給水林鄉農會一個楊姓小組長試種。那位小組長在「瓊仔埔」（瓊仔，台語，榕樹）有一甲多地，但找不到工人協助種植。他還幫這位小組長找了一些農校的實習工來幫忙。水林這個地方可能是土質的關係，種出來的台農57號地瓜特別細緻香甜。第一批出產的地瓜品質非常不錯，縣農會還特別送去台北官邸給老蔣吃。」（註一）聞名全台的水林地瓜，竟然還有這麼一段曲折的往事，甚至連老蔣總統都吃過這個地瓜，可見水林「黃金地瓜」頗具傳奇性。

「瓊仔埔」是我老家居住的村落，從我的高祖輩起就一直躬耕於此，因此從小我家就種植地瓜，而這個地瓜也是讓我從小就深惡痛絕的農作物。每當北風無情的呼嘯在毫無遮蔽的嘉南平原時，也就是地瓜收成的季節，爸爸便會利用假日動員全家大小到田裡採收地瓜。平時我就是一個四肢不勤，五穀不分的人，且手無縛雞之力，所以假日還要到田裡務農，接受寒冷北風無情的「試煉」，這種辛苦實在是「有口難言」。但，身為農家子弟，下田務農工作是基本的義務，所以再苦再累也都要撐下去。

地瓜收成之後，除了會挑選一些個頭較大的地瓜作為三餐食用外，其他體積較小或有鼠啃蟲咬的不良地瓜，則會以機器製作成「番薯籤」，經日照曬乾後，留作牲畜的食料。但在糧食缺乏的時期，這些又硬又臭的「番薯籤乾」，很多時候是進了我們的肚皮，而非牲畜吃了，因此小時候對於水林「黃金地瓜」的感覺，只有一句話可以形容「好恐怖」。

對於水林「黃金地瓜」除了感到「好恐怖」之外，也留下一個深刻的好印象，那就是小時候在地瓜採收的季節，每當媽媽煮完飯後，會利用留有餘燼的大灶，挑選幾顆體形較小的地瓜丟入大灶的灰燼裡，利用柴火灰燼的餘溫「烤番薯」，等到餐後再將埋在餘燼的地瓜掏出來。這時，表皮烤到焦黃的地瓜，只要雙手一掰開，黃澄澄、甜蜜蜜、散發著濃濃香氣的地瓜就出現在眼前。把剝開的地瓜往嘴裡送，一邊哈著熱氣，一邊細細咀嚼，那種又鬆又軟，且泛著奶油香氣與流著蜜汁的地瓜，便在唇齒之間慢慢地化開。小時候，每天只要能吃上一條現烤的地瓜，那就是一天之中最高級的享受了！

長大後，離開了家鄉，也告別了吃地瓜的日子。時間一久，已忘卻了昔日對地瓜的恐懼。偶而回家探視父母，在地瓜出產的季節裡，爸爸總是會塞給我一袋他親自種植的地瓜，拿來煮飯或煮地瓜湯，又感覺特別地親切，好像有地瓜吃的日子是特別地幸福。幾年前我還曾幫爸爸募集「地瓜股東」，將他親手種植的水林「黃金地瓜」分享給全國各地的「地瓜股東」，大家對這個口感綿密，又香又甜的水林地瓜都「讚不絕口」。後來因父親年歲已高，種植地瓜又是體力活，在採收時期找不到採收工人下，只得放棄種植地瓜，因而無法再分享美味的地瓜給股東們品嘗。雖然已事隔多年，但目前還有「地瓜股東」向我詢問是否還可以認股地瓜嗎？可見水林「黃金地瓜」的的魅力有多麼吸引人，它的滋味有多麼令人難忘。

時序已進入孟冬，北風還來沒來肆虐遼闊的嘉南平原，因此天氣還是暖烘烘的，此地生產的「黃金地瓜」已在暖陽的呼喚下可以開始採收。爸爸在老家門前種了一小塊地瓜田，等兄弟姊妹回去探視他們時，可順便摘採回家食用。所以，我也拜每周回家陪伴父母之賜，得以品嘗最新鮮剛收成的「黃金地瓜」。

我喜歡將地瓜切塊後加入薑塊煮成地瓜湯，那滋味是非常的迷人，鬆軟香甜的地瓜，配上甜中有辣的地瓜湯，絕對是冬天最棒的享受。只要在寒冷的冬夜，喝下一碗甜甜辣辣的地瓜湯，整個人會從頭暖到肚子，接著腳底慢慢發熱，寒冷的冬天就不再那麼的可怕了。今天就來煮一鍋夢寐已久的地瓜湯，讓這個冬天能一直溫暖，讓我的心裡也一直溫暖，讓水林「黃金地瓜」陪我一起度過一個只有甜蜜，沒有負擔的冬季。

註1：引自張景森先生2017年元月12日臉書
https://www.facebook.com/photo?fbid=1422791687761813&set=a.268627579844902

水林黃金地瓜
甜中有辣

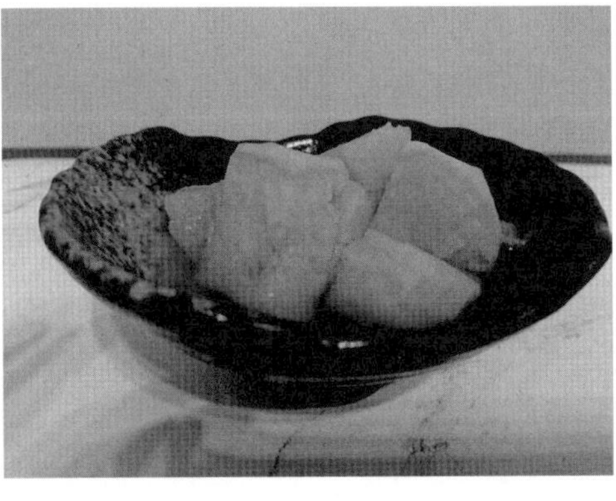

「意」碗「麵」的故事

雖然「君子遠庖廚。」但，自從離開職場後，調羹做飯已成為我份內的事。有時因為兼差工作忙碌的關係，晚餐常常隨便煮一鍋鹹稀飯果腹了事，時間一久免不了遭內人「嫌棄」煮飯不用心。為了洗刷「不愛老婆」的罪名，特別到超市買一包「意麵」，準備煮一道不一樣的料理，讓家人嚐嚐不同的口味。

其實對於「意麵」我有一份特別的感情，它在我的青春歲月中編織了一個難忘的故事。這一碗麵的故事，沒有南投竹山五兄妹共食一碗麵，勇敢面對人生困境的摧人心腸；也沒有北海道札幌小拉麵店老闆為善助人，讓人重新振作的盪氣迴腸；這一碗麵是一段青青子衿，悠悠我心的故事，但不知何故，卻讓人沉吟至今。

那年，來到台北讀書，興奮地過著學校新鮮人的日子，忙著系所的迎新，忙著社團的活動，忙著校際的聯誼，忙著……，太多太多的雜事，讓自己忘了學生該有的本分。每天忙著應付各種不同的活動，讓自己迷失在新鮮人的喜悅中，因此對於「讀書」這件事已經完全拋在腦後，等到期中考快接近了，才發現每本書都乾乾淨淨，驚覺自己似乎忘了還有考試這一回事。但，這種體悟似乎已經無法挽回沒有念書的事實，期中考過後，果然不出所料，只能無助地陪著岳飛，黯然共唱一曲「滿江紅」。

考試成績一敗塗地，如何面對未來的功課毫無頭緒，更擔心的是，萬一學期成績被二一退學，更無顏面對家中老父老母，因此一顆忐忑的心也呈現在扭曲的臉龐。無精打采的走到社團，這時，一位細心的社團學姊發現我的神情有異，便詢問我發生了什麼事，只得將期中考「滿江紅」的糗事說出，並道出不知如何解決目前遭遇的困境。熱心的學姊一聽到我的苦惱，便主動邀我每天下課後到圖書館念書的想法，她表示會先到圖書館佔位置，等吃過晚飯後，再一起到圖書館念書，直到圖書館關門才離開。就這樣，開啟了我每天到圖書館念書的學習生涯。

每天下課後會與學姊一起在學校餐廳吃過晚餐，兩人便往圖書館出發，在二到三個小時裡，心無旁騖地安靜念書，先把之前荒廢的功課補救回來，再追趕老師後續新教授的課程。在學姊殷勤地督促下，日復一日不敢懈怠，埋首於書海之中，每天總是等到圖書館關門熄燈後，才怏怏地離開，我走回男生宿舍，她則走出校門回家。在經過二個月的努力不懈地奮鬥，學期成績終於在期末考得到補償，全數及格通過，一顆高懸於半空中的心終於放下了。

升上了二年級後，無法繼續住在學校宿舍，我與幾位同學便在學校旁邊的社區合租住宿。而學姊也沒有忘了要把我看緊的使命，一樣要求我晚上要到圖書館念書。於是在新的學年，我依舊開啟圖書館念書的生活模式，等晚上九點圖書館關門，我們才一起離開。原本都是我到達男生宿舍後，目送她一人走出校門的日子，變成兩人一起離開學校。當我要往住宿的租屋處方向走去時，學姊竟然跟著我一起走過來，我詫異地說道：「不用送我，我就住在附近，妳自己回家要小心。」學姊默不吭聲，只是靜靜地陪我往前走。這時，我只有尷尬地走在她身旁，霎時間感覺空氣中凝結著寂靜的夜聲，只剩下布鞋摩擦地面的沙沙聲，伴著兩人綿長的呼吸聲安靜地往前走。

在沉寂的深夜裡，兩人默默不語地走到了我租屋處的巷口，這時，學姊打破了沉默說道：「我家到了，我就不送你了！」我驚得目瞪口呆，原來她家就住在我租屋處的巷口。學姊看我那種吃驚的模樣，一張臉笑得如燦爛的花朵。從此之後，我們兩人的身影就常常在一起，下課後會一起去餐廳吃飯，再一起到圖書館念書，等圖書館關門後，兩人再一起散步走回家。

有一回離開圖書館後肚子實在餓得受不了，我便提議到景美夜市吃消夜後再回家，學姊欣然同意並告知夜市裡有一攤「意麵」很好吃，兩人便從學校走到景美夜市，找到了這家賣「意麵」的小攤位。兩人各點了一碗乾意麵，純正的肉燥，麵條富有彈性口感甚佳，不像一般陽春麵煮軟後麵條幾乎糊成一團，也不似黃麵充滿鹼的味道讓人難以下嚥，果然是一道令人滿意的美食。從此，這家意麵成為我們往後從圖書館出來後補充能量的加油站。我們離開圖書館便從木柵走到景美，吃完消夜後再從景美走回木柵，縱然夜深人靜，街燈昏黃；縱然寒風細雨，蕭瑟凍人，在兩人的世界裡似乎黑暗不再可怕，寒夜已被溫暖。

在假日時刻，兩人總是相約一起同享一片蒼穹雨後的微光、同聆一陣鳥囀勾起的一抹微笑、同賞春花競放的美好景緻、同攬秋月灑落的溫柔時光。不管是在校園裡，還是河堤上，或是小溪畔，處處都留下我們的身影。在外人的眼中，我們儼然就是一對情侶。但，我有我的矜持，她有她的嬌羞，我不曾向她告白，她也未曾向我認定，所以我們就一直維持著「友達以上，戀人未滿」的曖昧關係，一直到那年的夏天。

生活總在不經意間悄悄地度過春夏秋冬，時間總在期待裡靜靜地走過歲歲年年，當蟬聲唧唧，驪歌輕唱，送走了學姊，我也在學校課程結束後放暑假回到南部。沒有把「她」放在心上，心裡想著反正開學後就可以去找她，所以整個暑假連一通電話都沒給她。就這樣日子一天天地過去，終於等到了開學，當我來到她家找她時，卻已人去樓空，驚得我六神無主、不知所措。後來四處打聽，輾轉得知她畢業後已搬家，失去了聯繫。從此，兩條曾經幾乎交疊的線又回到平行時空，只在往後的歲月裡留下一絲絲懷念的痕跡。

「遠岫出雲薄催暮，細風吹雨弄輕陰」，在這陰冷薄雨的時節，一碗意麵，憶起了昔日青青學子的悠悠情懷，那年的「錯過」，讓我體會了「珍惜」的重要，也讓我在找到人生的伴侶後，更加地「珍愛」彼此。對於生命中的「曾經」，那碗「意麵」的滋味，就讓它鐫刻在心中，偶而品味一下，提醒自己不要再輕易地「錯過」。

意麵

那年的「錯過」

舌尖上的記憶：北港車頭當歸鴨麵線

在冷風簌簌，淒風苦雨的冬夜，關上辦公室明亮的燈光，一個人拖著疲憊不堪的身軀，走在冰涼的台北街頭。閃爍的路燈伴隨著闃黑天空裡的夜星，在微暗的街道上凝視著夜歸的異鄉人，一種孤寂的氣味，和著清晰的腳步聲，凝結在冷冽的空氣中。這時，從不遠處的巷弄裡，飄來一陣陣令人饞涎欲滴的熟悉香味——當歸鴨。頓時，腦海中盤旋著一股令人懷念的家鄉味，久久無法散去，惹得飢餓的肚腸，在孤冷的台北街頭獨自咕嚕咕嚕的哀鳴。

北港小鎮，從小就是我們這群不曾出過遠門，對繁華都市充滿期待的鄉下孩子最崇拜的地方。只要哪一天家人說要帶我們到北港，那一定會高興得猶如一隻活蹦亂跳的小猴子，跳上跳下。坐著老舊的嘉義客運，在人擠人、充滿汗臭味的公車上，聽著引擎轟隆轟隆的怒吼，一路顛簸的來到北港，不為別的，就是想要一嚐心中最懷念的味道：北港車頭當歸鴨麵線。

不知從何時，開始對於這碗散發出濃郁當歸的香味、微泛油光，幾塊鴨肉點綴在棕黃麵線上的美食著迷。甘甜的湯汁配上鮮美的鴨肉，在寒冷的冬天裡，一碗熱呼呼的當歸鴨麵線下肚，這種道地美食的誘惑，實在令人難以抗拒。每次來到北港，走出車站後，就會看到攤子老闆穿著背心，手裡拿條毛巾，對著往來的旅客叫喊「當歸鴨麵喔！」那聲音似乎隱藏著一種魔力，只要聽到這個聲音，我的雙腳便不聽使喚地自動停下來，傻傻地站在路口，偷偷地嚥下幾滴口水後，才心不甘情不願地跟著家人一起離開車站。因為只有等到家人辦完事情，要搭公車回家前，我才能吃到這碗令人魂牽夢縈的美食。現在的回首凝眸、痴痴相望只是培養回程的食慾，製造肚子飢餓的感覺罷了。

高中三年，來到北港念書，每天在車站進進出出，聞著從車站旁邊傳來陣陣令人銷魂的味道，但又吃不得，實在令人惱怒。上學時，下了公車便匆匆忙忙地趕到學校，放學後，又要留下來練田徑，每天只能趕著搭乘最後一班公車回家，對於夢寐以久的美食，根本沒有機會品嚐。每每要等到周六下午，不必上課的日子裡，悠閒地吃上一碗當歸鴨麵線，滿足了飢渴已久的口腹之慾，再擠上感覺隨時會停在路邊，等待救援的老舊公車回家，那種幸福感是不可言喻。

離開家鄉，來到繁華喧囂的台北，熱鬧而樸實的北港已經離我越來越遠。異鄉的遊子，為了生活、忙碌於工作，已逐漸地把他鄉當故鄉，把自己當成了一個紮紮實實的台北人，所以對於家鄉的一切景物已逐漸淡忘，也不知有多久沒再踏上北港小鎮，更甭說吃上那碗兒時記憶中美好的味道。對於那碗家鄉美食的記憶只存留在腦海的深處，但它真實的味道如何誘人，舌尖上已不復記憶。

多年以後，當踏過風塵，走過時光，脫下國王的新衣，卸下偽裝的面具，以一顆誠摯赤子之心重新返回故鄉的懷抱，北港車頭的那一碗當歸鴨麵線，依舊縈迴在我的心中。為了找回舌尖上的記憶，迫不及待地來到北港車頭，來了一碗思念已久的當歸鴨麵線，看著依然泛著油光的湯汁，麵上擺上幾塊鴨肉，那個熟悉的味道又隨著淡淡的鄉愁，飄進了鼻腔，穿越了心防，填補在記憶的空窗。隨即，拿起湯匙，舀一瓢瓊漿玉液，讓失落已久的舌尖吸吮無限的思念，重新記憶那個令人懷念的味道。

一碗當歸鴨麵線，承載著我對家鄉無限的思念。那味道，是遊子的鄉情，是離人的別愁，是他鄉的故知，是感情的依託，時時刻刻鑲嵌在我的心中。一碗麵，一份情，喚起了我對家鄉的記憶，也填滿了我無數的鄉愁，在鄉味的呼喚聲中，我邁著輕快的腳步再度回到了家鄉。

當歸鴨麵線

鄉愁

醉愛「情人果」

每年清明節前後，市場上便揚起了販賣「情人果」的叫賣聲，看著一大桶醃漬在糖水中的青芒果，空氣中凝結著一股酸中帶甜的氣味，瀰漫在人群雜沓的市街上。攤商將它分裝成小罐裝，陳列在攤位前面，吸引客人前往購買，青翠欲滴的情人果，讓人看了都不免會駐足在攤位前，偷偷地嚥下幾滴口水。

對「情人果」的喜愛，我是有點近乎迷戀的程度。結婚後在假日時會與老婆一起逛傳統市場，每當走到販賣情人果的攤位，我總是不由自主地停下腳步，站在攤位前呆呆地望著那一罐罐不斷向我招手的情人果。老婆見狀，總是笑我是一個比女生更愛吃蜜餞零食的男生，於是便向攤商買了一罐情人果，讓我心滿意足地抱著走回家。

而我與「情人果」結識的因緣，是一段歷史已久的往事，那是在當年服役時到台南新營進行基地訓練的難忘歲月。我駐守的部隊是在林口台地的機械化師，負責戍守台北首都的安全，而我擔任的兵種是無線電通訊，因此，每年必須到新營的通訊基地進行演訓。所以在每一年的春夏之交，我們部隊就會移防到新營，也因此讓我與「情人果」結下不解之緣。

林口的冬天是一種又濕又冷的天氣，很難得能有一天是陽光普照的日子，迷迷茫茫的雲霧整天壟罩在營區裡，部隊的同袍對於這種濕冷難耐的天氣，無不心浮氣躁，哀聲嘆氣！好不容易捱到了陽春三月，苦挨了一季濕冷的弟兄們那一顆驛動的心早已經蠢蠢欲動，因為這時部隊已經準備要移防到新營，終於可以享受到南部熱情的陽光。

當車輛與器材全部裝載上了火車，部隊便在台鐵青皮火車的運送下連夜從桃園來到新營。雖然忙活了一整天，但當大家接觸到南部的陽光與空氣，疲累的身體立刻精神百倍，完成了車輛與器材的下載後，我們便進入通訊基地準備為期近二個月的操練。

因為我們是無線電通信，所以演訓範圍從高雄到雲林都有我們的足跡。我們開著 1/4T 吉普車，載著無線電通信機，穿梭在嘉南平原上，雖然演訓的日子餐風露宿非常辛苦，但每每遠眺無垠的平疇原野，阡陌縱橫，一望無際的田園彷彿是一只青碧的棋盤，鑲嵌在這片豐碩的大地上，賞心悅目的景色，讓人忘卻了到處奔波的苦楚。

有一次演訓，我和排長與兩位台兵，駕駛著通訊車在台南縣境進行訓練，當車子行經白河鎮，看到路旁蓊蓊鬱鬱的芒果樹，葳蕤茂盛地將道路包裹成一條深邃幽長的隧道，那壯盛的模樣直讓人驚呼連連。我們停下吉普車，欣賞這個美麗得令人著迷的景色，看著滿樹結實累累的青芒果，但滿地的落果卻任其腐爛無人處理，這時心中發出陣陣狐疑，難道這些芒果樹是無人管理的野生樹欉？於是看到路旁田間老農，便「停車暫借問」。老農表示，路旁老芒果樹為公所財產，不能隨意摘取樹上的青芒果，但是地下的落果是沒人要的東西，可以隨意撿拾。

南臺灣是熱情的，連樹上的青芒果都沾染了這種氣息，只要一陣微風吹來，青芒果就紛紛地從樹下掉下來迎接我們的到訪。不一會兒工夫，我們見證了牛頓「萬有引力」的魅力，吉普車的斗篷上就掉下十來顆青芒果。我們就帶著「萬有引力」賜予的禮物，回到了營區，並在排長的指導下，削皮切塊，先以鹽巴醃製去掉澀水，等青芒果軟化後清洗乾淨，再以紅糖醃漬一天，滿滿一臉盆的「情人果」就出現在眼前。

醃製完成後，我們將這次演訓意外的成果分享給同袍，大家吃得津津有味，吸吮再三。而我們也將白河綠色隧道，充滿熱情的芒果樹交接給下一組人員，同樣的，演訓回來，營區又是一個充滿「情人果」香的地方，既浪漫又甜蜜。來到台南，大家除了受到南部熱情陽光的招待外，也結交了一位甜蜜「情人」，讓我們的軍旅生活多了一份美麗又浪漫的回憶。

記得有一次製作太多的青芒果，還來不及吃完，我們又外出進行三天兩夜的演訓。當回到營區時，又熱又渴的的我立即拿出剩餘的「情人果」，想倒一些醃漬的湯汁消暑解渴。但一打開罐子，發現情人果不敵南部炙熱的天氣，已經微微地發酵，空氣中散發出一股淡淡的芒果酒香。倒了杯「情人果」汁，加水稀釋後，一仰而盡。剎時，口腔裡酸甜並陳，還餘留著些微酒味的苦澀。且不久之後，整個人出現醺醺然的感覺，就像談戀愛一樣令人迷醉的滋味。此時終於明白，為何「青芒果」又叫做「情人果」，因為它完全演繹了愛情的滋味。

退伍之後，就一直留在北部工作，對於「情人果」的愛戀之情，只能從市場小販的攤位上得到一些舒緩，那種酸中帶甜，甜中有鹹的滋味，讓人回味再三。所以只要到了「情人果」出現的季節，總會迫不及待的買一些來解饞，除了想念它酸甜入心的好滋味外，也是在懷念昔日當兵時的苦澀酸甜。

謹以此文獻給昔日249機械化師通信營多波道連的同袍

這不是吳郭魚

「吳郭魚」目前為台灣養殖漁業的重要經濟魚種，以「台灣鯛」名義行銷到世界各地。早期的吳郭魚是一種毫無經濟價值的魚類，溪流川壑、埤塘溝渠到處都有它的身影，因此也成為偏鄉農村地區，人民主要的蛋白質來源之一。由於它的身價不彰，且早期放養的農漁民，會在魚塘旁蓋一棟棟的豬圈舍，將這些牲畜排遺流入魚塘，造成魚肉有一股嚴重的土腥味，讓人望而生畏，所以很多人對於吳郭魚是敬而遠之。

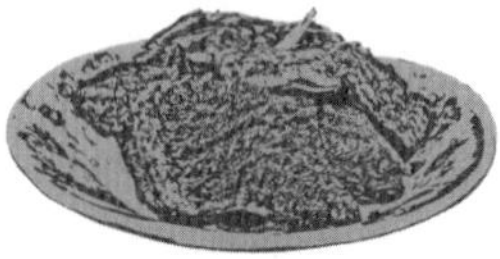

小時候，家裡因為務農的關係經濟環境不佳，吳郭魚便成為家裡主要的飲食魚種，只要家裡餐桌上出現魚的蹤影，不管煎、煮、蒸、炸，十之八九就是吳郭魚。因此對於吳郭魚的感覺說不上喜歡，但也不至於討厭它（因為沒得挑，不吃就沒得吃），對於吳郭魚身上的土腥味，也可能因為長期吃它的關係，已經完全免疫，甚至不知土腥味為何物。

爸爸是一位治庖能手，燒得一手好菜，小時候最喜歡爸爸做的糖醋吳郭魚的料理。他會將吳郭魚煎到兩面焦黃後，再將酒、醋、糖、醬油等酌料一併倒進鍋內，以小火慢慢悶煮數分鐘，最後再灑上薑、蒜與蔥花，一道色香味俱全的糖醋魚便出現在餐桌上，讓人望之則垂涎三尺，每每要多盛上一碗飯，淋上糖醋魚的醬汁，讓飽足的肚子，撐得像顆小汽球似的才甘心。而爸爸糖醋吳郭魚的做法，也是讓我們吃不出吳郭魚土腥味的妙方，因為噁心的味道都被酸甜的糖醋醬汁掩蓋掉了，所以這也是我從小就不怕吳郭魚土腥味的原因。

長大離家之後就鮮少有機會吃到吳郭魚，尤其結婚之後，內人因對吳郭魚的土腥味「非常敏感」，因此常常告誡本人，她不喜歡吃吳郭魚。為了尊重內人的飲食習慣，所以到菜市場採買食材，只能細心地挑選鹹水魚類，淡水養殖魚類永遠不會出現在我家的菜單上，從此吳郭魚的身影幾乎在我家的餐桌上絕跡了。

有一次回家探視雙親，臨走前，爸爸用小冰箱裝著一條魚要送給我。他說，這是雲林新興的養殖魚類叫做「台灣鯛」，肉質鮮美，口感極佳，清蒸紅燒都非常適合。我打開小冰箱一看，一條身形巨大的吳郭魚就躺在冰箱裡，此時我心裡不斷地咕噥著，「就是身形大了好幾倍的吳郭魚啊！為何要叫做台灣鯛？」雖然心裡明知這條魚帶回去實在很難處理，但父母的心意總不好拒絕，只好勉強把它收下，回家後再想辦法處理。

回到了家，為了處理這條吳郭魚，實在讓我傷透腦筋。老婆已三申五令不吃吳郭魚，如果貿然把它端上桌，是否會犯了「大不敬」的罪名；如果不把魚煮了，把它留在冰箱內，萬一老婆打開冰箱發現了這條魚，「東窗事發」後就更難解釋了！左思右想，搔首抓耳，還是想不出一個兩全其美的辦法。這時，心中一橫，就賭一把吧！反正老婆是一個雞鴨不識、蔥韮不分的人，只要把這條魚料理得不像吳郭魚，相信她也不會發現。

為了不讓老婆發現「它」是條吳郭魚，我決定學爸爸做糖醋魚的手法，來騙過老婆的味蕾，且為了不讓她看出是一條吳郭魚的身影，決定將這條魚做個大變身，也幸好這條吳郭魚長得夠大，處理起來沒有那麼困難。首先把對半魚剖開後，將魚骨、魚刺逐一剔除，魚肉切成魚片後，以蔥薑蒜、糖酒醬油等佐料醃製約一小時，再來將鍋子倒入油以小火慢慢加熱，接著放入魚片，將魚片全部煎成金黃色澤的魚排，然後再倒入剛才醃魚的醬汁加水悶煮數分鐘，待魚肉都吸滿醬汁後，撒上一把鮮豔翠綠的蔥花，一道香噴噴的糖醋魚排便完成了。

晚餐時分，餐桌上飄散著濃濃糖醋魚的香味，一大盤的糖醋魚排，讓人看了真是猛吞口水，老婆也迫不及待地夾了一塊魚排送入口中，細細咀嚼，慢慢品味，直稱這道糖醋魚排做得堪稱是人間妙品。她盛讚這道糖醋魚的外皮酥融，魚肉細嫩，肉質鮮美而甘甜，醬汁酸甜有味，是一道宜酒宜飯的好料理，全家人便在餐桌上恣意的品嘗這道由我親自料理的平民美食。一陣觥籌交錯後，餐桌上杯盤狼藉，家人個個捧腹拭嘴，滿足之情溢於言表。

一頓美好的晚餐，就在大家滿足的神情下開心地結束了，意猶未盡的家人，還紛紛地討論著今晚的糖醋魚排是如何的美味，也盛讚我的廚藝直逼五星級大廚師，誇得我是心花怒放，如癡如醉。正當我沉醉在大家的讚賞聲中，這時，突然聽到一句振聾發饋的聲音，從老婆的口中直奔而出「這是什麼魚啊？怎麼有點吳郭魚的口感？」一聽到這句話，嚇得我迅速從癡夢中驚醒，以十分虔誠恭敬的聲音說道：「這不是吳郭魚，據爸爸說這是台灣鯛，是鯛魚的一種！」就這樣，小心翼翼的把那條難以處理的吳郭魚解決了，也讓許久未再吃到糖醋吳郭魚滋味的我，再度回味一下「小時候的味道。」

吳郭魚
小時候的味道

饅頭情緣

我是一個道地的「番薯」囝仔，雖然從小就是吃地瓜長大的，但對於「饅頭」卻有一種情有獨鍾的感覺，對「它」的喜愛，可以說是到達了「癡迷」的程度。

我生長在一個務農的家庭，家裡三餐是「田裡種什麼，餐桌上就吃什麼」，因此地瓜成為陪我長大的主要糧食。小時候，我不識得包子、饅頭這一類由麵粉製成的食物，因為家裡從不曾種過麥子。第一次嚐到饅頭的

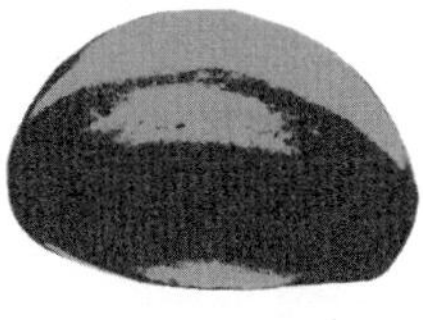

滋味，應該是我小學二年級以後的事了。

那年，我家從村子裡搬遷到村子外的小學隔壁，告別了老朋友，也迎來了新鄰居。記得那年冬天，寒風凜冽，冷得讓人直哆嗦。在這種天氣裡，到了下午四點以後，肚子就已經餓得咕嚕咕嚕地哀嚎。但，晚飯的時間未到，餐桌上是空無一物，只能猛吞口水，以減少肚子的飢餓感。這時忽然聽到一陣陣敲門的聲音，我應聲前去開門，看著鄰居嬸婆用盤子疊了滿滿一大盤白色的食物要分享給我們吃。她說：「這是她親手做的饅頭，請我們嚐一嚐味道。」熱氣蒸騰的饅頭，散發出陣陣迷人的香味，而這個味道是我以前「聞所未聞」，但憑直覺，應該會是非常好吃的東西。

當鼻子還沉醉在這個美好的嗅覺環境中，肚子卻已不爭氣的叫了起來，餓到飢腸轆轆，頭昏眼花的我，顧不得尚未徵得家人的同意，就迅速地拿了一顆饅頭大口地咬了起來。霎時，一種甜蜜柔軟的口感，緩緩地從嘴巴釋放出來，這是一種我從來沒有吃過的食物，它的滋味實在是太美妙了。也就在這個時候，我偷偷的愛上了饅頭，它成為我生命中非常珍貴的美食珍饈，那種簡單卻迷人的滋味，讓我在往後成長的歲月中，對它是不離不棄，迷戀至極，只要發現了饅頭的蹤影，一定要買一顆來品嚐看看，再度回味昔日記憶中美好的味道。

歲月的洪流緩緩流淌在成長的道路上，生活中品嚐過的饅頭也不計其數，其中就有一些令人難忘的饅頭。這些看似簡單的饅頭，卻飽含著成長的苦澀與酸甜，恰似一張一張人生的拼圖，縈迴在腦海中，永遠無法抹去。

猶記得離開家鄉來到台北木柵念書，那時候的窮學生，就會在學校宿舍的餐廳裡，買一份饅頭夾蛋作為早餐，既便宜又省事，因此饅頭夾蛋的早餐便陪我在世新求學的日子裡，共同度過了數個寒暑。一顆看似毫不起眼的饅頭，加入蔥花炒蛋後，蔥香結合著蛋香便隨著饅頭的熱氣滑入靈魂的深處。細細咀嚼微甜的饅頭，一股小麥的香氣又以迅雷不及掩耳的速度衝上腦門，伴隨著口中青蔥的香甜、雞蛋的滑嫩，多層次的口感，讓這份簡單的饅頭夾蛋，成為驚為天人的早餐，也因此吸引許多愛好此味的同學購買。相信來到世新大學就讀的學子，凡吃過這個口味獨特的饅頭夾蛋，都會和我一樣有著相同的美好回憶。

到台北念書逛重慶南路的書店，是當時我們這群窮學生最流行的事，尤其是我這種剛從南部北上的鄉下土包子，對這個地方更是毫無招架之力，只要同學一邀，功課再多，時間再晚都不是問題。看到滿街招牌林立的書店，走進去翻書翻到天荒地老也不會有人趕你出去；有時候恰巧碰到書局曬書，還可以揀到二折以下的書，那時候會像撈到寶藏一樣，恨不得把自己喜歡的書全部買回去。所以來重慶南路看書、買書是吸引我的因素之一。

其實來到重慶南路的書街，在我心中還有一個小小的祈願，就是希望能與「山東大饅頭」來個美麗的邂逅。走在這條書街上，偶而會碰上一位外省老伯伯推著小推車沿街叫賣「包子、饅頭、豆沙包」，只要一聽到這個熟悉的聲音，我便會走向前去，向老伯伯買一顆又大又結實的山東饅頭。這種饅頭的特色是嚼勁十足，越咬越香，只消一顆絕對讓你飽足感十足，而且這種由老兵手桿揉捏，以老麵發酵而成的山東大饅頭，一般的早餐店也買不到，所以山東大饅頭成為我與重慶南路書街的記憶連結。

當兵又是一個長期吃饅頭的歲月，但對於服役期間所吃的饅頭記憶卻是非常模糊，因為那個時期的饅頭帶給我的苦澀多於甘甜。記得第一次穿上草綠服，是在大專暑期集訓，雖然我們被笑稱為大專寶寶，軍中不至於對我們要求太嚴苛，但成功嶺一個半月的日子，確實讓我們吃盡了苦頭。七月炎夏，每天都在戶外操練，三行四進、五百障礙、刺槍術……。因為來不及從學生心態轉換成阿兵哥，所以每天累得像條狗一樣，生活無限緊張，半夜總是會聽到學員夢話中大聲喊著「班長好。」我也在這種氛圍下，緊張得連水都很少喝，因此每天早上總是口乾舌燥，每每看到餐盤上的那顆饅頭，實在難以下嚥。但若真的不吃，又沒有體力應付接下來的操練，所以只好將整顆饅頭沾著豆漿，含著淚水把它囫圇吞棗的塞進肚子。

進入職場之後，經濟能力已可讓自己品嚐更多美味的食物，但我還是獨沽一味喜愛吃饅頭。記得在超商尚未普及之前，有一次到苗栗山城出差，苗栗的純樸會讓人「目瞪口呆」。那年住在一家小旅館，晚上八點以後想到旅館外面透透氣，走出戶外，放眼望去闃黑的天空裡，閃爍的星光竟然比街道上昏黃的路燈還明亮，街道上已少有行人路過，只有那幾盞暗黃的路燈，孤獨地點綴在一片漆黑的街頭。

獨自走在這靜謐無比的苗栗街上，思考著何處可以吃消夜，這時，一位攤販推著一台推車停在眼前，架上擺滿了琳琅滿目的消夜零食，讓我大吃一驚。經問明緣由，原來這個時間，苗栗街上的飲食攤家都已結束營業，他便做一些吃食到火車站附近有人潮的地方叫賣。看到架上也擺著幾顆還冒著熱氣的饅頭，我便毫不猶豫地買上二顆，在空蕩蕩的街頭，一邊慢慢品嘗這種孤獨的滋味，一邊想著在這寧靜的山城工作也饒富趣味。也因為有了這個念想，在幾年之後，我竟然向公司申請調任到苗栗工作，把我的青春歲月奉獻在苗栗這個好山好水的地方。就是因為一顆饅頭的情緣，開啟了我與苗栗的情分，成就了人生另一道美麗的風景。

一顆樸實無華的饅頭，它與我的生命成長緊緊連結。我的成長痕跡猶如是一顆顆堆疊而成的饅頭，裡面還鐫刻著一道道生命的苦辣酸甜，讓人品嚐之時苦中有甘，回味之後酸中含甜。一點一滴的成長記憶就在千迴百轉的饅頭香氣中，撲向走入時光隧道，回首前塵的我。感懷之餘，我想跟饅頭說：「謝謝你的陪伴，讓我的人生旅途不曾孤單。」

\#樸實無華

\#熱氣蒸騰

難忘的「蠔」滋味

「蠔」又稱為牡蠣，台灣話叫做「蚵仔」。台灣許多著名小吃都與他有關，如「蚵仔煎」、「蚵嗲」、「蚵仔麵線」……。台灣本島牡蠣的主要產地在彰化王功、雲林台西、嘉義東石與台南七股，因此只要沿著台十七線從彰化鹿港一路南下，幾乎都可以看到由蚵仔製作而成的地方美食，出現在沿海各鄉鎮的市街上，成為當地的美食標記。

我生長在雲林的農村，因為不靠海，平日想吃到「蚵仔」這類海鮮是非

常不容易，除了它的價格昂貴，家人捨不得花錢購買外，也少有商人會將「蚵仔」這類海鮮送到一個偏遠的農村販售。因此，在我的記憶中，小時候似乎沒有吃過蚵仔的料理，一直到了高中到北港念書，才在北港媽祖廟旁的飲食攤吃到了人生第一盤「蚵仔煎」，從此才知道「蚵仔」是如此的美味，對於它那種又軟又鮮的滋味，一直牢記在心中。

進入職場之後，同事們偶爾會一起閒話家常，一位家住在嘉義東石的同事便敘述他童年時的生活狀況。他說，他家住在東石鄉靠海邊地區，因地層下陷導致農地無法耕作，因此他家常常出現無米、無菜的生活窘境。當聽到這裡時，大家無不為他童年生活的坎坷感到絲絲憐憫，三餐不繼的生活真的很辛苦。這時他便談及三餐飲食都只能吃「鮮蚵」，吃到只要一看到「蚵仔」都會怕。聽到這一番話，同事們個個面面相覷，無不賞他一頓白眼，他連忙解釋，因東石海邊有許多蚵棚，只要一個漲退潮，很多蚵架上的牡蠣會被沖到沙灘上，他便會到海邊撿牡蠣回家煮食，所以每天只能吃鮮蚵。我便笑稱，我是想吃都吃不到，他竟然可以吃「蚵仔」吃到怕，可見生活環境的不同，對飲食的選擇影響之大。

「蚵仔煎」是台灣各大夜市幾乎都會出現的小吃，只要在夜市逛一圈，就會看到一處熱氣蒸騰的大圓盤，上面佈滿了鮮蚵、青菜、雞蛋、麵糊組合而成的料理。看著攤位老闆以熟練的手法，把完成的「蚵仔煎」翻面裝盤，淋上特調的粉紅甜辣醬汁送到每位客人的面前時，真的會不知不覺地流下幾滴口水。蚵仔煎除了會在各大夜市出現外，許多知名的廟宇附近，因為膜拜的人潮眾多，也會出現這款美食，如北港朝天宮、鹿港天后宮周圍商圈，都可看見蚵仔煎的身影。鹿港是台灣小吃的重鎮，只要在鹿港街上走一遭，可以吃到許多美食小吃，麵線糊、麵茶、蚵子煎、炸蝦猴、芋頭肉圓……，種類繁多讓人目不暇給。所以，每次到鹿港國中授課後，我便會到鹿港天后宮旁，吃一盤鮮味十足的蚵仔煎，讓久未浸潤於人間美味的舌頭，重新記憶大海賜予的鮮味。

相較於「蚵仔煎」，我更喜歡吃「蚵嗲」，因為「蚵嗲」除了可在店家食用外，還可以外帶回去細細品嘗，讓美食有更多的想像空間。在西濱快速道路未通車之前，每次帶著家人回雲林探視父母，總會利用台十七線公路，當行經彰化王功時，便會來到著名的福海宮媽祖廟休息，因為廟旁的飲食攤有著美味的蚵嗲，全家人一定要來這裡吃完蚵嗲後再繼續南下，有時碰巧廟旁飲食攤沒營業，那種失落的感覺會影響一整天的心情。

探視父母後，下午從雲林返回台中，當車行到雲林東勢鄉的賜安宮旁，會看到馬路站滿了排隊的人潮，這裡就是聞名的「東勢蚵嗲」。這時，就會忍不住加入排隊的人潮，外帶幾顆美味的蚵嗲回台中當晚餐。它的蚵嗲內餡分韮菜與薑末，另外它也賣「肉嗲」，是將鮮蚵改成豬肉下去炸熟，也吸引不少的民眾購買。東勢蚵嗲會聞名在外，除了產品新鮮外，是因為在早期還有賣「海豚肉嗲」，吸引無數想嚐鮮的民眾，目前法令已禁止捕殺海豚，所以它的「海豚肉嗲」已成絕響。

西濱快速道路通車後，回家的路更近了，福海宮的蚵嗲與東勢的蚵嗲也就離我遠去，但替而代之的是離我家只有三五公里的「宜梧蚵嗲」。我因少年即離開家鄉，對於家鄉附近的小吃完全沒有概念，所以從不知道宜梧有賣蚵嗲，後來因舍弟買回來共享，發現這個蚵嗲滋味無窮，更勝於之前吃過的蚵嗲，一問之下，原來在宜梧的文光路上就有這個排隊美食。它的內餡是以韮菜、高麗菜調味拌香後再加入鮮蚵炸熟，內餡非常紮實，只消一顆就讓肚皮撐得飽飽，非常的經濟實惠，難怪每天人潮滿滿，假日時段更是排隊排到天荒地老。但為了美食，這些好食之客，只能不厭其煩，耐心的排隊等候，美食的魅力可見一般。

在東石漁人碼頭還有一種以鮮蚵製成的美食：「蚵包」。它是以麵皮包裹冬粉、韮菜與高麗菜拌香的餡料，再加入鮮蚵及生雞蛋後入油鍋炸熟，其滋味類似蚵嗲，但口感更勝於蚵嗲。因為麵皮酥脆富嚼勁，內餡多了冬粉與雞蛋，更為鬆軟滑嫩，一口咬下，鮮蚵的鮮、蔬菜的甜融合著蛋香，似乎是把「蚵子煎」與「蚵嗲」融合在一起的感覺，滋味無窮，令人想起就口水流滿地。

我雖然喜歡吃鮮蚵，但並非每次吃「蚵」都有美好的記憶。曾有一次到加拿大旅行，飽覽北美洛磯山脈的壯麗景觀，在回台的前一天，旅行社安排大家去吃海鮮大餐，餐廳還提供一人一只約小孩巴掌大的生蠔。看到了這麼大的牡蠣，讓我心生一驚，敢吃嗎？怎麼吃？因為從來沒有嘗試過，實在有點害怕。但看到團友們個個吃得津津有味，我也鼓起勇氣想跟他們一樣大快朵頤一番，我先將餐廳提供的沾醬倒在生蠔上，以醬料的氣味壓住生蠔的腥氣，然後拿起生蠔大啖一口，果然滋味十分鮮美。但因為生蠔實在太大顆，吃完一顆後，滿嘴鮮氣，也滿嘴腥氣，實在非常噁心，這時突然想要扒一碗又香又醇的滷肉飯，及喝一碗熱呼呼的「鹹菜蚵仔湯」，讓翻滾的腸胃得到慰藉，看來我真的不適合吃未經烹煮的生猛活海鮮，從此之後對於生蠔也不敢再存有絲毫美麗的幻想了。

還有一次，我到台中出差開會，一群同事相約前往百元快炒店祭五臟廟，讓久吃便當的口舌能稍解無味之憾。既然每道菜都是百元計價，一位同樣嗜食鮮蚵的同事，便拼命的點鮮蚵料理，鐵板鮮蚵、豆豉鮮蚵、椒鹽鮮蚵、涼拌鮮蚵、鮮蚵烘蛋、鮮蚵湯，就這樣林林總總滿桌的菜大都是鮮蚵，我們一群人是一邊吃飯一邊叨唸，吃完這餐後，大概三個月不敢再吃鮮蚵了。回家之後，我就身體開始不適，混身發冷，高燒不止。隔天拖著病體回到苗栗辦公室上班，這時台中同事來電關心我昨晚身體還好嗎？我心中一陣訝異，我又沒說昨天身體不舒服，他們怎會知道呢？這時台中同事才告知，昨晚大夥回家後不是上吐就是下瀉，反正整晚都沒有睡，挨著馬桶不離不棄。因此我們研判應該是蚵仔大餐惹的禍，從此之後，在一段很長的時間，大家都不敢再吃「蚵仔」了。

飲食是我們生活的基本需求，追求美食是每個人生活中一種藝術行動。但對於美食的品好都該有所節制，要適度適量，飲食才能美味。飲食要有度，否則每天吃同樣的美食，對再好吃的珍饈都會感到厭煩；飲食亦要適量，就像美味的生蠔，吃一個會讓人感到美味，但多吃之後，就會讓人感到十分噁心。所以想要有難忘的好滋味，務必要淺嚐即止，讓口慾不足，讓味覺不滿，美食的記憶就會縈迴在腦海，讓我們隨時有想要吃美食的衝動。

#蚵嗲

#「蠔」滋味

我的豬肉美食

「淨洗鐺，少著水，柴頭罨煙焰不起，待他熟時莫催他，火候足時他自美。黃州好豬肉，價賤如泥土，貴者不肯喫，貧者不解煮，早晨起來打兩碗，飽得自家君莫管。」蘇東坡這首〈豬肉頌〉傳唱千百年，讓世人見識到他是如何地好啖豬肉，蘇東坡不僅教大家煮豬肉，還一早起來就吃個兩碗豬肉，愛吃又會料理，是標準的豬肉饕客。

蘇東坡以好啖豬肉聞名，他流傳下來的一道名菜「東坡肉」，讓這道豬

肉美食的盛名永留後世。南宋周紫芝《竹坡詩話》記載著一段蘇東坡與佛印大師交往的故事，讓蘇東坡喜食豬肉的形象更加鮮活：「東坡喜食燒豬，佛印住金山時，每燒豬以待其來。一日為人竊食，東坡戲作小詩云：『遠公沽酒飲陶潛，佛印燒豬待子瞻。採得百花成蜜後，不知辛苦為誰甜。』」蘇東坡拿陶淵明對酒的喜愛來對比自己對豬肉的嗜好，可見他喜食豬肉的程度了。

我也喜食豬肉的美食，舉凡白煮、紅燒的新鮮豬肉，或是到由豬肉製成的各類食品：香腸、肉乾、肉鬆……，我皆來者不拒。我沒有蘇東坡這麼跌宕動人的有趣故事，僅僅是因為從小生長在農村，豬肉是我們少數能吃到的蛋白質食物。小時候想吃豬肉，只有在農曆的初一或十五，家裡祭拜天地神祉時，會到村子的豬肉攤買一塊豬肉，煮熟後做成拜拜的牲禮。拜拜後，家裡便將這塊煮熟的豬肉白切成塊，讓家人分食享用。當時因為物資匱乏，能吃到這種白煮的「豬肉」已是莫大的恩典，哪敢再奢求吃到其他的肉類，所以吃豬肉就成了孩提時代美食的象徵。

及至長大後在外求學與工作，外食就成了我的生活日常，接觸到豬肉的料理就更多元了。為了解決我這個「老外」的民生問題，各類豬肉餐食就出現在我的生活周遭，從排骨飯、控肉飯，豬腳飯、黑胡椒豬柳飯……等，各種便當快餐就與我常伴左右，其中最令我念念不忘的便是控肉飯與豬腳飯。

第一次接觸到好吃的控肉飯是在世新求學的日子。學生時代每天三餐幾乎都交給了學校的餐廳，但時間一久，一看到學生餐廳的菜色是又膩又怕，不吃又會餓，吃了又難以下嚥，逃離學生餐廳成為我的唯一救贖。幸好，景美夜市離學校步行僅約十分鐘的距離，因此，每當放學下課後，我便常到景美夜市覓食，以解決味覺疲乏之苦。一次偶然的機會，在夜市的一隅發現一家賣控肉飯的小飲食攤，點了一份控肉飯，控肉燒得香氣四溢，肉爛而不糜，入口隨即化開，再配上淋上肉汁的白飯，肉香與米香混和著，真是絕配。從此之後，景美夜市這家賣控肉飯的小吃攤，就成為我吃膩了學餐想換換口味時嘗新的最佳選擇。

就業後，來到苗栗工作，客家控肉絕對是值得推薦的美食。它與市售一整片的控肉有所不同，客家控肉的製作是將三層肉切成長條塊狀，下鍋煸熟後再以醬油紅燒，因此，客家控肉是鹹香兼具，肉質Q彈甘甜，只消一盤客家控肉，我就能扒完二碗白飯還意猶未盡。在我苗栗辦公室附近，有一家「西山鱺魚小吃」，這裡的客家控肉就是具有這種鹹香風味的美食，每次請同事或朋友來此小酌，客家控肉是我必點的一道菜，久而久之，當我光顧小吃店時，老闆總會笑著說，一份客家控肉對吧！

後來工作的調動，我來到了台中，因為長期浸淫於客家飲食，縱然台中有許多美食可選擇，但我吃起來還是頗不習慣，偶爾總會想念著那一盤又香又醇的客家控肉。皇天不負苦心人，在我吃膩了雞腿便當與排骨便當的當下，竟然在健行路上發現了一家名為「新豐源排骨麵」的小吃店，店內除了賣麵食，還兼賣控肉飯，午餐時段，人潮滿滿。看到這景象，就知道一定是家美食小吃，於是點了一份控肉飯。果然能吸引滿滿的人潮，餐點一定有過人之處，它的控肉飯是以豬後腿肉去製作，瘦多肥少，頗符合現代人健康概念。控肉的皮滷得Q而不爛，瘦肉部分是嫩而不柴，口感非常好，難怪吸引這麼多食客來報到。而我也經這一吃而成為主顧，午餐吃控肉飯成為我最佳的選擇。

彰化市除了肉丸聞名，彰化的控肉飯更是讓人驚豔，彰化市公所還曾為彰化的控肉飯辦了一場控肉飯節，可見彰化控肉飯是如何的美味了！第一次吃到彰化的控肉飯，是公司派我們到彰化出差。一大早來到彰化，總不能空著肚子工作，當與同事想找吃早餐的地方時，發現在中正路上，有一家賣控肉飯的攤子，裡面坐滿了吃控肉飯的食客，外面還有人排隊外帶。看到這景象，以多年外食經驗的我，直覺告訴我，這家控肉飯一定很好吃。我們立刻點了控肉飯與滷白菜，上菜後立刻品嘗一口，控肉瘦而不柴、肥而不膩、口感軟嫩，入口後肉香四溢，真是一碗讓人驚豔的控肉飯。有了這次吃彰化控肉飯的美好經驗，往後只要有機會到彰化，一定要藉機品嘗一下控肉飯的好滋味，讓久別肉味的味蕾，能再次飽嚐豐腴油潤的好味道。

相較於控肉飯，我更鍾情於豬腳飯。控肉製作的技巧及肥瘦的比例對控肉口感的影響非常大，在外飲食若不慎亂點控肉飯而踩到雷，這一餐飯吃起來會讓人痛不欲生。而豬腳較無肥瘦的問題，只在於滷得軟嫩入味與否，不像控肉太肥讓人油膩不堪，太瘦又老柴難以入口。因此，每每在外飲食，若發現有豬腳飯或滷豬腳，都會點一份來品嘗，除了可以讓充滿膠質的豬腳，滿足貪婪的口慾，並解「食無肉」之苦，還可藉由各種不同做法的豬腳，安撫躁動不安的味蕾，享受各地的美食饗宴。

因為長期在苗栗工作，對於客家的豬腳真的愛不釋口，軟嫩適中的口感，讓人吃起來不會有油膩感，鹹香帶點微甜的味道，更是吃飯喝酒的好伴侶，炎炎夏日一罐啤酒，一盤客家滷豬腳，絕對讓人滿嘴油光，暑意全消啊！說到客家豬腳，當然就不能不提屏東萬巒豬腳了。屏東萬巒海鴻飯店原是一家在萬巒市場經營麵食的客家小麵攤，後來改成海鴻食堂專門賣豬腳，先總統經國先生曾前往品嘗豬腳，從此名聲大噪紅遍全國，各地饕客聞名而來，每日來吃豬腳的人潮是門庭若市絡繹不絕。

第一次吃到萬巒豬腳也是在世新大學就讀的年代，死黨同學來自屏東縣長治鄉，有一次他放假回家，返校時帶了萬巒豬腳來請我們一群死黨享用，當他拿出豬腳時，我還懷疑了一下，這豬腳並不是我認識的豬腳，是一根豬腿啊！原來聞名全台的萬巒豬腳是長這樣子，真是孤陋寡聞了！同學把萬巒豬腳切成小塊後，請我們沾著店家特製鹹中帶甜的蒜蓉醬油汁，果然口感扎實，多層次的味道在口腔中徘徊不去，讓味蕾飽嚐肉味與蒜味的刺激。

有了這次吃萬巒豬腳的經驗，讓我見識到，豬腳不是只有皮包骨這一類，還有用整隻豬肘子去滷製的。喜歡淺嚐即止，吸吮滷豬腳風味的，可選擇皮包骨的豬腳；喜歡大口吃肉，充滿肉香味道的，萬巒豬腳就可滿足口慾的需求。在進入職場後，每當放假安排前往墾丁旅行時，就會順道走進萬巒，與萬巒豬腳來個午餐的約會，讓饞蟲可以不再蠢蠢欲動，讓思念的味道再度縈迴在口腔與鼻腔之間，讓閒適的假期在滿足的肚皮下悠然地度過。

生活中美食一直都在，但如何找到好吃的美食，絕對要有靈敏的觀察力和尖銳的味嗅覺。好啖豬肉美食的我，就憑著對美食的執著、愛吃的精神，在生活中發掘了這些美食地圖。雖然飲食口味每人不同，但相信，能讓眾多饕客願意不辭辛勞排隊，不遠千里而來的這些美食名店，一定不會辜負我們的期待。

萬巒豬腳
豬肉美食

輯二　心情的滋味

只在此山中，雲深不知處

那是與雪山的約定，今天再度踏上這一片土地，完成了我對它的承諾——就在二年以後。

前年夏末收拾簡單行囊，出發前往大雪山，這是一趟陌生的旅程，不知路途有多遠、不知山勢有多高，只為一圓當年因路況不熟半路鎩羽而歸的缺憾。沿著如羊腸小徑般的入山林道前進，山勢幾乎以四十五度角逐漸攀升，沿途景觀從低海拔闊葉林相到中高海拔針葉林相逐漸變換，感覺雲霧已被我們踩在腳下，並悄悄地伴隨著我們的腳步，瀰漫了整個山頭。偶有陽光露面，湛藍的天空中，朵朵的雲彩時而繾綣難捨，時而如白雲蒼狗倏的變幻；或是山嵐飄來，嫩綠山景蒙上一層白紗，眼前一片虛無飄渺，讓人感覺彷彿置身於人間仙境。

到達雪山之後，為一覽中央山脈百岳群峰，隨著指標欲登上「啞口觀景台」。沿著崎嶇的山徑盤旋而上，無止境的登山階梯，搭上高海拔薄氧的空氣，讓我難以招架，顛躓的腳步就伴著吁喘的呼吸聲，一路登頂。在海拔二千六百公尺的觀景台上，看那連綿起伏的山巒，波瀾壯闊的雲海，此時頗有「總攬群峰，睥睨天下」的情懷，難怪古人會有「登泰山而小天下」之嘆。

雪山、天池、神木，是出發前擬訂欲覽勝景的目標，來到小雪山遊客中心後，迅速整裝往天池前進，這時耳邊傳來陣陣天籟之音，數十位賞鳥客拿著專業相機對著白耳畫眉、酒紅朱雀猛拍照，而鳥兒似乎也知道大家遠道而來，竟然不躲不閃，靜靜的站在枝頭引吭高歌，任由遊客恣意取景。繼續往天池的路上前行，忽地在路旁出現一對帝雉在草地上覓食，面對這突然出現眼前的嬌客，我拿起隨身相機猛拍，深怕下一刻鐘牠們又消失視線之外，這連番的驚喜，讓自己對這趟旅程充滿期待。

「天池」是神仙遺漏在雪山的明珠，當一陣山嵐飄來，氤氳的湖面就像「手抱琵琶半遮面」的嬌羞少女，欲語還休；當陽光灑在金澄的湖面，環湖四周金碧輝煌，如瓊樓玉宇般美不勝收。醉心天池無限的美景，徜徉寬闊清朗的天地，以為時間是永遠靜止的。無世事紛憂、無人情擾攘，讓人忘情於青山綠水間。待一回神，夕陽已泛著金色眼神，在西方的天邊眨眼微笑。此時才驚覺還有神木未探訪，然路程時間已不允許，且路況不明不敢再貿然前行，只得悻悻然準備歸程，並在天池旁與雪山立下約誓，我必再回來完成這趟未竟之旅。

只是這一別竟是兩年，今日再訪，為避免時間不足之窘境已早早出門，到達大雪山之後僅在啞口觀景台稍做停留後便往神木出發，希望能順利一覽那千年巨木之風采。大雪山停車場往神木的入口處，豎立著指標並告知此行一路下坡約二十分鐘可達神木，但回程端看個人體力預估需一小時。我們沿著山徑一路下坡，說說笑笑，已忘了路程之遠近，對於指示牌的說明絲毫不在意。當走到谷底，前方一株沖天巨木矗立眼前，浩浩乎、巍巍乎。這需十幾個大人才能環抱的巨木，已靜靜地在此兀立數千年，不僅逃過天災地變，也逃過人們惡意砍伐，才能以孤傲之姿在此呈現。感動之餘也慶幸自己回應了山的承諾，讓我能親眼目睹這大自然的奇蹟。

午後大雪山的雲霧來得又快又急，山嵐伴著山風從山巔翻滾到谷底，神木的枝葉已裝飾著點點晶瑩剔透的水珠。當我們還在忘情欣賞雲霧的舞動，霎時冰涼的雨水已透過枝葉，打在迷茫的臉頰上，如針刺般扎醒還迷戀醉人山色的我。來不及反應，只得依在樹下躲雨，待雨勢稍歇，迅速爬坡回程。因一心只想躲雨，忘記剛在啞口痛苦的經驗，且因急著上山，忘記調勻呼吸，果然過了不久已喘息不止、舉步維艱，剛才下坡的灑脫已完全消失，漫漫長坡，不見終點，恨不得有座電梯可以直達停車場。

雨後的大雪山雲霧更濃，沁涼的空氣中夾雜著陣陣的草香與花香，讓人無法抗拒她的誘惑，更想一睹她美麗的丰采。迷霧中彷彿這裡就是神佛的國度，仙人的故鄉，珍禽異獸，花蔓瓔珞，遍地都是人間至寶。走在這蒼茫的天地、雲的世界裡「只在此山中，雲深不知處」，不爭、不急、不憂、不惱，聽蟲鳴鳥叫，聆空谷跫音，讓忙碌的身心得到歇息，讓疲累的靈魂得到洗滌。心靜了，世界也淨了。

#與雪山的約定

#帝雉

再一次，「聽聽那冷雨」

「驚蟄一過，春寒加劇。先是料料峭峭，繼而雨季開始，時而淋淋漓漓，時而淅淅瀝瀝，天潮潮地濕濕，即使在夢裡，也似乎把傘撐著。」余光中的雨季在詩人的夢裡，陪著他走過在杏花盛開的江南。而我的雨季，跨過了夢境，越過了現實，望著驚蟄，盼著穀雨…終究，雨還是沒來！

不曾踏上廈門的土地，不知江南風雨，只能在夢裡縈迴，在心中低聲囈語；不曾駐足廈門街，但嚐過台北那霏霏冷雨，在颯颯的東北季風裡，對鄉愁深情的呼喚，至少，等待下雨心與詩人一同。那年，高唱「台北不是我的家」，卻拚命地走向台北，聽聽台北的冷雨，淒淒慘慘戚戚、陰陰淫淫霏霏。那冷雨，如刀，無情地割裂天空的視線，蒼蒼茫茫；城市的霓虹，閃爍著被雨珠滲透的光芒，在夜色中相互爭奇鬥艷。

來到台北領略木柵的雨季，濕濕冷冷、冰冰涼涼。霏霏的寒雨總是像不速之客，不請自來，簷椽的雨珠沿著窗櫺畫起一幅潑墨山水，在陳舊的玻璃窗上傾訴著濛濛的詩意。層層疊疊的遠山，腰間總繫著柔柔的白絹，在雨霧朦朧裡，彷彿是披著薄紗的仙子，攜著風，讓裙襬飄盪在雨中。對於一個異鄉客，這雨，下得令人心慌意涼，下得令人迷離徬徨，面對無法逃離的現況，只能在雨中，找尋另一種樂趣。

聽雨，是假日不錯的選擇。年少時，在只有一個人的台北，空氣中凝結著一種孤寂的情愫，伴著淅淅瀝瀝的雨聲，那是一種屬於爵士曲調的樂音，曼妙的節奏中，隱隱含著淡淡的哀傷。多年以後，嚐盡了人生況味，而今，聽雨又是另外一番風韻。蔣捷《虞美人．聽雨》「少年聽雨歌樓上，紅燭昏羅帳。壯年聽雨客舟中，江闊雲低，斷雁叫西風。而今聽雨僧廬下，鬢已星星也。悲歡離合總無情，一任階前，點滴到天明。」蔣捷聽雨的心境，從少年到鬢白，細數流光，慨嘆歲月；嚐盡世間悲歡，走過人世離合，相信數百年後蔣捷聽雨的知音，應不只是我。

聽雨傷，觀雨愁，隔窗觀雨，是蝸居台北的日子裡，一種獨特的享受。春雨不停愁，綿綿密密，飄在緋紅的桃花瓣上，彷彿嬌羞少女在雨中撒下一片嫣紅；細細絲絲，打在粉白的梨花叢中，猶如清秀佳人在煙塵裡流下滴滴清淚。蔣捷《一剪梅．舟過吳江》「一片春愁待酒澆。江上舟搖，樓上簾招。秋娘渡與泰娘橋，風又飄飄，雨又蕭蕭。何日歸家洗客袍？銀字筆調，心字香燒。流光容易把人拋，紅了櫻桃，綠了芭蕉。」蔣捷觀雨又哀又愁的心情，不也正是我的寫照嗎？何時才能歸鄉洗客袍？同為異鄉為異客，看著風飄飄、雨蕭蕭，感嘆流光容易把人拋，無情歲月緩緩催人老。只是紅了櫻桃，綠了芭蕉。

終究，我還是離開了台北。告別淒淒冷冷的雨，伸開雙臂迎接新的城市美好陽光，心中慶幸自己能在多年以後，來到台中這個充滿陽光的城市。溫和的氣候，怡人的風光，讓我不再眷念台北的生活。雖然少了瀝瀝的雨聲，但一想到每天可以沉醉在風和日麗的日子裡，讓晦暗的生命能享受充滿嬌豔的陽光，便讓人精神為之一振。終於，不必再受淫雨霏霏的侵擾，不必再獨自倚窗聽雨，不必再獨自隔窗觀雨。

當心中慶幸著避開了台北的冷雨，慶幸著台中陽光明媚的新生活之時，雨真的與我告別了！的確，她似乎真的忘了我了！不知是生氣我的不告而別？還是生氣我的移情別戀？從驚蟄到清明，我總是日日殷殷地等待，夜夜期期地盼望。但一直，未聞春雷乍響，只有路上行人望眼欲穿；不見春雨紛紛，只有河井枯竭，魚蝦斷腸。每每望向天空，向老天爺深深祈求，只盼上天給予一絲憐憫，讓我在乾涸的吶喊中，再一次擁抱久違的春雨，再一次「聽聽那冷雨」。

回首，竟是天涯

電視新聞播報著，溪頭神木因連日大雨，根部腐蝕而頹圮傾倒。今天上午才剛與家人拜訪溪頭神木下山的我，聽到這個消息，震懾得無法相信，眼前那棵巍巍聳立的高大神木，怎會在下一刻鐘就煙消灰滅，成為歷史的記憶呢？

初秋的午後，竟是這般的惱人。陣陣嚎啕大雨在秋日的午後，下得人心慌慌，淋得大地濕涼。原本煩躁的心，在這連續的午後雷陣雨澆淋下，更是焦慮不安，唯恐影響已安排的溪頭之旅，誤了雙親對此次旅行的殷殷期盼。母親總是關心詢問溪頭之旅的安全，聽著窗外雨滴窗櫺聲，只得不斷地安慰母親與自己，天氣會在我們出遊前趨於穩定。

中秋連假補上班的日子，帶著雙親到溪頭享受森林的饗宴，沒有太多的人潮，且缺少陸客的加持下，溪頭恢復了以往的寧靜。空蕩蕩的園區、三三兩兩的遊客，昔日喧囂已如煙塵往事，消散在青翠的密林中；繁華日昨已像白駒過隙，流逝於婆娑的竹林裡。靜謐的園區，只有啁啾鳥啼迴盪在整個山林，薄涼的空氣夾雜著陽光的碎屑穿越在竹林縫隙間。走過季節的繁華，踏過塵世的紛擾，心就沉醉在這遺世美景中。

午後的雷陣雨就像與大地立下誓約，天空倏的烏雲翻騰，如千軍萬馬迎面撲來，滂沱雨勢阻隔我們繼續遊園的興致，躲在飯店內看著雲霧蒸騰，整個溪頭變成白茫茫的世界，是煙？是嵐？是霧？是靄？已看不出也分不清了。看著蕭瑟的秋填滿多情的思緒，款款落葉浸潤在朦朧的雨勢中；數著百轉千迴恰似深情凝眸，絲絲細縷飄落在煙塵往事中。原來昔日的你是今日的我！

夜，不經意的來臨，雨後的山林，沾濕的空氣中，凝結著芬多精的芳香。天地蒼穹一片清朗，明月高掛在遠遠的樹梢，盪漾著餘光，訴說著嫦娥奔天千年往事，淒美的愛情，就在這微光中，透出縷縷的悲涼。拄傘夜遊，聽蟲吟蛙鳴，聆落葉滴雨，空蕩蕩的林間只聽到那輕盈的腳步，踏著一路風塵走過時光。

當陽光透過窗簾灑向眉梢，揉著惺忪雙眼，迎接溪頭的第一道晨光。與家人沿著山徑拾級而上，穿越陽光鋪灑的竹林，走入幽深陰涼的林間，只為一睹那傳說中千年神木的手采。看著父親健朗的步伐，而自己卻揮汗如雨，吁喘如牛，比對高齡的父親，我的體力實在令人汗顏。幸好路程不遠，我不濟的體力沒被識破，全家人在神木樹下留下紀念的身影，再沿著林道緩步下山，結束這趟令人懷念的溪頭之旅。

神木倒下了，就在我們造訪後的一刻，我相信這最後的回首凝眸，是它給我與家人的依依眷念。走過千年紅塵俗世，看盡人間悲歡滄桑，經歷了璀璨的鎏金歲月，踏過了無數的人世淒涼，它一直在此屹立不搖。怎奈不敵歲月洪流的侵蝕，冰霜風雪的摧殘，終究溪頭神木成為歷史中的偶然。繾綣流光，它的片段只能存留記憶封藏。心傷！哪堪回首，竟是天涯。

老房子

我的童年，是在這老房子裏度過的。

斑駁的外牆，殘留著涓涓水痕，猶如滿臉風霜的老人，顯得歷盡滄桑；風蝕的簷瓦，蔓生著靄靄蘚苔，恰似漫天風沙的大地，迷茫昔日風華。老舊的屋舍沒精緻華麗的布置，更沒有新房子來得寬敞舒適，但，如今乏人問津的老房子卻承載了我整個童年，那裏充滿我童年的回憶。

五間式的四合院建築，紅瓦白牆，依著高大青翠的椰子樹，就像一幅鑲在大自然的美麗風景畫，景色令人陶醉。庭前擺著爺爺各式各樣的農具，每當收成時節，滿庭金黃，漫漫鋪撒在庭前，我們幫忙著曬穀、包裝，雖然非常辛苦，但昔日的點點滴滴，現在已是深藏記憶中最令人回味再三的一部分。後院是一片菜園，園中種著一畦畦青蔥的蔬菜和幾株土芭樂，每天最幸福的時光，便是陪著奶奶到菜園，奶奶忙著整理菜圃，我們幾個小孩便爬上芭樂樹，在茂密的葉叢中找尋一粒粒珍饈美饌，濃濃的芭樂香撲鼻而來，那味道至今縈迴腦海中。

老房子裡是我們玩捉迷藏最佳躲避之處，從廳堂、臥室到兩側廂房，都充滿了我們頑皮的足跡，而我最喜歡的是躲在廚房的材堆縫隙裡，除了隱密外，濃濃的木材香味，是多麼令人銷魂。老房子的右廂房搭著一間小閣樓，那是我讀書的地方，每當炎炎夏日，爬上閣樓，開啟四面窗牖，涼風隨著唧唧蟬鳴，輕輕撫過臉頰，那悠揚舒暢的感覺，有如是優游在池塘裡的天鵝，正聆聽聽著柴可夫斯基的古典樂曲，真是一大享受啊！

老房子如今已空空蕩蕩，當年穿梭於廊廡的一群黃口小兒，也紛紛往外飛翔，去開創屬於他們的人生，偶爾才會回來探望它。雖然它已蒼老、雖然它已破舊，但往昔人聲鼎沸，笑聲不斷的影像，依然深刻烙印在我腦海中。

四合院
童年

行到水窮處，坐看雲起時

燠熱的炎夏，火紅的太陽烤得柏油路面吱吱乍響，為躲避毒辣的酷熱，入山避暑成了唯一選擇。一大早準備好乾糧飲水，驅車一路南下，正在慶幸自己早早出門，應可避開車潮之時，國道三號南下車道，在南投路段塞滿了外出旅行車輛，原來不只我早起，大家往山上避暑是有志一同。

車子離開高速公路轉入南投縣道，往鹿谷的山路上車龍綿延不斷，這時心中不禁暗自叫苦，這趟避暑之旅恐怕不順利。果然，當出現竹林片片，嫩綠的山色伴隨著縷縷山嵐出現眼前時，車子就以後傾的姿態兀立路中。就在走走停停繞過幾個山坳後，終於看到溪頭的指示牌，而我今天的目的地是在更遠處——杉林溪，所以只要通過了溪頭，塞車應可紓解。

沿著道路指示牌轉入往杉林溪的婉蜒小徑後，景觀已逐漸變化，筆直的杉木出現眼前，空氣中一股冷冽的芬香，伴隨的山風拂來，令人心曠神怡，剛才的塞車之苦已完全拋之腦後。沿著池邐山路盤旋而上，沿途十二生肖的指示牌陪著孤寂無聊的的旅者，每過一個生肖，就告訴自己杉林溪快到了，就在這殷殷的期盼下，終於抵達目的地——杉林溪。

我愛山更甚於海，或許是從小對山的憧憬的關係。對於她的嬌羞、她的寧靜、她的神祕，都是我對她傾心的原因。第一次與山的接觸應該是與國中摯友三人瘋狂的行徑開始，為了體驗不一樣的生活，我們從二水火車站轉搭往水里的小火車，當兩節的柴油小火車沿著濁水溪穿山而過，每經過一個隧道，就聽到車內就發出陣陣驚呼，沿途景觀都是我前所未見。

當我們踏上水里山城，搭上往信義鄉的公車，看著脈脈青山被河川沖刷出奇石深壑，對大自然鬼斧神工的力量更是佩服。我們在信義鄉山上簡居三日，上山採孟宗竹筍，扛著比大腿還粗的竹筍下山，渴了就直接喝從山澗流出的山泉水，那種沁涼入心、甘甜醇美的滋味對一個從未與山接觸過的孩子，是多麼令人難忘的體驗啊！

因為對山的迷戀，每當身心疲累時，就想回到山的懷抱，去親吻那土地的芬芳，穿越林間捕捉那一束金燦的陽光。沒有人聲鼎沸、沒有人間擾攘；聽山鳥啁啾、聆山泉淙淙。「行到水窮處，坐看雲起時」，讓生命在此得到喘息，也讓偷懶找不到藉口，為了那一片風起雲湧，也為了那一方山水窮處。

杉林溪

山水窮處

我，變了！

五月上旬，台灣「驚天一疫」，打亂全民的生活步調，三級警戒號令一出，誰與爭鋒？大家只得乖乖地宅在家！而我也在學校課程全部改為線上教學後，從每天搭公車到學校上學的日子，變成從我家樓上走到樓下打開電腦，在視訊教學的課程裡，完成了這學期的學業。

宅在家的日子，生活過得既充實又飽滿，沒有閒雜人等干擾、沒有惱人心事煩憂，只有清風明月相伴，在徐徐間歇的打呼聲中，生活得到徹底的解放。防疫宅在家，發現生活中有兩個非常棒的好朋友——床與電冰箱，原來床不只是晚上躺起來睡得舒服而已，白天的時候，偶而想做一下白日夢，可愛的床會不離不棄的陪在身旁一起做完春秋大夢；冰箱則更是令人激賞，它不是家庭主婦的專屬品，當我要偷藏巧克力蛋糕、冰炫風時，它是完全配合，完美的角色扮演，讓它成為我的知心好友。原本以為會枯燥無聊的防疫生活，在床與電冰箱的協助下，生活是真的「充實又飽滿」。

但人生總有太多驚奇，那一天，在炎熱酷暑的天氣裡，走到浴室沖涼消消暑氣，看到迷濛的鏡子裡一隻帶著眼鏡、挺著大肚、鼓著腮幫子的大青蛙，正目不轉睛地看著我，再仔細一瞧，鏡子裡的大青蛙不就是我嗎？心中一陣狐疑？我不是英俊挺拔，風流倜儻的大帥哥嗎？怎會變成一隻挺胸凸肚，帶著一副眼鏡的大青蛙！心情的轉折先是震驚、恐懼，繼而退縮、沮喪，最後是悲傷、無助！酸、甜、苦、辣、鹹五味雜陳的心情就在鏡子裡的青蛙臉上，不斷地扭曲、變化浮現。

但，事實總是要面對，原來白馬王子變成一隻大青蛙，不是受了巫術詛咒，而是因為頹廢的生活造成。為了重新找回白馬王子的形象，已決定和床談好條件，白天不要老是與我糾纏不清，我只能在夜晚時才屬於它；而冰箱呢，毫不猶疑地與它割袍斷義，不再私相授受，做一些於「家法」不容的事情。另外還要擬定健身計畫，讓鬆弛的肚皮、臃腫的臉頰回到昔日的緊實。希望下學期回到學校，老師不會說：「同學，你是哪一班的？是不是走錯教室了！」

車站

「火車已經過車站，阮的目睭漸漸紅，……」張秀卿「車站」的歌聲一直迴盪耳邊，看著一個個過客在「車站」不斷地上車、下車，心中是無限慨歎。不管是短暫駐留或匆匆經過，在「車站」迎來送往似乎已是我們的宿命。

做為一個遊子，對於「車站」曾懷著一份莫名的情愫。看到它，有時是離情依依，有時是近鄉情怯，它總蜷伏在記憶的深處，陪著我們在歲月的河流裡緩緩地走過。多少人世滄桑，多少悲歡離合，一直在這裡重複演出，只是主角不同罷了！

那年背起行囊，走入「車站」，來到了我認為屬於我的陌生城市。在夢想起飛的一刻，想抓住夢想的翅膀，飛揚於人生的旅途。但陌生的城市也正張開那無底深淵的血盆大口，一口口將我吞噬在茫茫的人海中。漫漫歲月倏忽而過，幾度夢迴，已從一個青澀少年，蛻變成中年大叔，如今還沒來得及抓住夢想的翅膀，夢想卻早已遠離，只剩下踽踽獨行的背影伴著蹣跚的腳步，一步步踏上旅途，再度走入「車站」。

回首前塵，往事如煙，一絲一縷輕飄漫幻，霽月清風，已成為前塵日昨；觥籌交錯，誰又知曉昔日策馬風流。不管多少豐功偉業，都已淹沒在茫茫人海裡；不管多少彪炳戰功，都已塵封在渾渾記憶中，徒留一口吁嘆，欲傾吐卻無人可訴說。面對茫茫前途或有猶疑、或有惆悵，但未來的路仍須自己勇敢地一步一步往下走：或許是，孤獨地。

人生的車站，有人上車、有人下車、有人轉車，而我也正學著如何搭上下一部列車，讓它能載著我的故事、我的歌，繼續傳唱昔日動人的樂章、演譯未來動聽的故事，讓人生的列車駛向幸福車站。

火車站

人生列車

那個年與這個年

深夜了，一陣陣轟隆隆的鞭炮聲，從窗外鑽著細縫隱約地傳到耳邊，已經幾乎入寐的我，在半夢半醒中感覺「那個年」跨過去了。沒有太多遐想、沒有太多興奮，只是依舊裹著我的棉被，享受寒夜中溫暖的感覺，順便迎接「這個年」的到來。

告別「那個年」的前夕，年輕同事們討論著要到何處跨年，語氣中充滿對「這個年」的期待，送舊迎新，對未來的日子充滿希望。人不瘋狂枉少年，時光要是能倒轉，我會不會和他們一樣，對未來充滿憧憬、對未來充滿想像呢？我想答案是肯定的，這時只能感嘆——年輕真好。

回首「那個年」，我一直在忙碌中過日子。忙的充實？忙的盲目？忙的茫然？其實我也不敢肯定，但為生存而忙卻佔了大部分。古人為五斗米而折腰，現代當個忙碌的上班族，是有過之而無不及，不僅折腰還要屈膝，想想自己的處境，真的不盡噓唏。

年前偶有機會與林金陽律師躄膝長談，他說：「人要能生存，再談生活，最後才能追求生命的意義」。聽他一席話，真如當頭棒喝，一棒敲醒了一直渾渾噩噩過活的我。我們沒日沒夜地汲汲營營辛勤工作，真的只為生存，要達到「生活」這個境界，已不容易，更如何奢談創造生命的意義啊！

為了迎接「這個年」的到來，特地給自己來一趟森林沐浴之旅，希望在這新的一年，能繼續保持健康的身體、旺盛的體力，讓自己不僅能為生存奮鬥，也能營造自己更多生活的空間。生命的意義應該是享受生活、享受工作，讓日子天天都美好。也祝福我的家人、我的朋友在「這個年」平安健康，福泰滿盈。

故鄉

「有幾間厝用磚仔控，看起來普通普通……」，耳邊縈繞著「故鄉」這首歌，車子一路沿著西濱公路南下，避開了過年連續假期高速公路擁擠的車潮，空蕩蕩的西濱公路，讓我能一邊開車，一邊欣賞西部沿海美麗的景緻，心情也隨著歌聲的旋律而雀躍奔騰。

一窪窪的魚塘，就像座落於大地的棋盤，閃耀著粼粼的波光；魚塘漾起的水花在金色陽光的撥弄下，有如一顆顆閃亮的鑽石，激起了池畔耀眼的光芒；水車規律又有節奏的滾動，恰似一位溫柔的美女，伸開纖細的臂膀，招呼著遊子歸鄉。看到這一幕幕熟悉的景象，我知道「故鄉」近了。

雲林縣水林鄉是以「含吉」〈或稱地瓜或番薯〉聞名全台的地方，不知何時，這個從小讓我深惡痛絕的農作物，竟然讓我的故鄉以它的名聲享譽全台。從我有記憶開始，家裡主食就是「含吉」，不管家裡種了多少稻穀，每天都是吃地瓜飯、地瓜粥或是地瓜簽飯，幾顆稀疏的米粒「裝飾」在地瓜中，當時只要是一餐吃著白米飯就是奢華的享受。如今物換星移，在健康當道，養生成了主流的時代，故鄉的「含吉」成為市場上炙手可熱的農產品，在非盛產時期，有時還洛陽紙貴，有錢也不見得可以買到水林的「含吉」，真是此一時也彼一時也。

高中畢業後負笈北上求學及工作，不知不覺中離開家鄉竟已多年，期間雖然常常回鄉探視雙親，但總是當天來回，故鄉的晨昏已從記憶中悄悄地抹去。忘記了那焚膏繼晷拼著考試的寒冷冬夜裡，在沒有路燈的鄉間道路上，一輪皎潔的明月，伴著我們從學校回家的模樣；忘記了每天早上迎著朝陽，和同學們一起奮力蹬著腳踏車，嘻笑上學的情景。每每回到家鄉，只有見到平疇阡陌一望無際，一畦畦青翠的稻田伴著老農工作的身影，似乎不見美麗的景色。

在難得的年假陪伴下，終於不再行色匆匆，也終於能安穩地在老家過夜。隔天清早，趁著晨曦微亮、朝暾未出，走出老家的庭院，看著東方優美的天色，紅霞映天，五彩繽紛；晨光四射，光彩奪目，在幽遠湛藍天空的映襯下，更顯出家鄉那份寧靜之美。此時心中一直納悶，為何以前沒有發現家鄉這樣美麗的景色？其實，景色依舊、日月未變。只是這麼多年以來，一直把自己當成故鄉的過客，忽略了它是我生命中的一部分，因而忘記了它原來的風貌，也忘記了昔日生活的種種記憶。

「眾裡尋他千百度，驀然回首，那人卻在燈火闌珊處」，故鄉是遊子永遠的家，不管離家有多遠，不管離鄉有多久，它總是默默地守護遊子的家園；縱然青春年華已不在，縱然美好歲月已遠去，但，只要我們心中有它，它就會在燈火闌珊處殷殷地等待遊子歸鄉。

遊子

故鄉的過客

春天的眼淚

是誰惹春天傷心？讓她在街角獨自啜泣；是誰惹春天傷心？讓她哀怨地哭了一整季……。

春天偷偷地哭了，她又在偷偷地哭了，是感傷歲月匆匆？是唏噓離情依依？冷雨淒淒，在落寞的心中嗚咽；寒風颯颯，在孤寂的夜裡低吟。不寐的人，聽到這令人垂淚的淒絕哀鳴，又怎能安甜入夢呢？

不喜歡春天的濕涼與滄桑，不喜歡寒夜的孤單和漫長，尤其在那長長的夜、下著淒淒冷雨的春天。燈影下濛濛的影子伴著孤寂的夜色，佇立在冷冷的窗前，冷冷的窗櫺對著我冷冷的笑著，笑那春天流的眼淚，笑那多情人半夜不寐，彼此互相對望著，卻又彼此互相猜忌著。一滴滴眼淚、一聲聲長嘆，不知何時才天明，眼淒淒，聲戚戚，落寞的人，輾轉反側地，這一夜只為伊。

坐在床沿，對著昏黃燈影長嘆不已，想著過去，想著未來，我所愛的人，我所愛的世界，究竟在哪裡？望向窗外，看春天的眼淚沿著花窗，鑿下一道道深刻的淚痕；紛亂的思緒猶如飛蛾，撲向暗夜的那一點光亮，化成煙、化成雲、化成春天的月光，悄悄地幽進深鎖的心房。就讓我陪著妳，默默地。

春天，妳還在哭嗎？別再哭了，別再哭了，讓我輕輕擦乾妳的淚，讓我輕輕擁抱妳的人。這世上，有我懂妳的心，有我懂妳的情，所以今夜站在窗前，孤寂地，陪著妳。只是，我知妳的憂，妳可解我的愁？

相遇的那一刻

如果愛上妳是個錯誤，那一定是美麗的錯誤！如果遇見妳是個偶然，那一定是上天刻意的安排！

春風如沐，夾帶著溫馨的朵花芬芳，洗滌一身的颯爽；春陽冽艷，穿過了青碧河岸，染綠了紛飛細柳；春雨如霏，飄茫在皎皎空中，沾濕了大地一遍。每當春暖花開，大地清秀玉碧，我知道我們將再相遇，不似牛郎織女七夕望雨的苦澀，不似山伯英台曉夢蝴蝶的繾綣，但引頸企盼的等候，也是令人望眼欲穿、輾轉反側。

剛認識妳，是在春風少年時，一直沒將妳放在心上，總把妳當個村姑看待。妳不施粉脂、低調的行徑，又住在偏遠鄉村，實在難以聯想有何魅力可以吸引我的目光。每每經過妳的住處，不是過門不入揚長而去，就是鎖眉低頭不當一回事。除非我遇到了困難或心中有事難以排除，才會厚著臉皮去找妳，向妳吐吐苦水，把妳當成傾吐心事的對象。也許是妳的個性關係，總是不慍不火、耐心的聽我訴苦。每每向妳說出我的心裡想法，妳雖然不說話、也不表示意見，但卻一直默默的在背後支持我、幫助我，雖然我心裡明白，但卻從沒向妳說聲：「謝謝妳」。

日子年復一年如機械般地循環而過，與妳相處了數個寒暑，歷經了多個春秋，妳依然低調如故，而我因時間的淬煉，慢慢地懂得欣賞妳的善、妳的真、妳的美，也終於把妳當成無話不談的摯友、心事吐露的知己。但人生哪有不散的筵席呢？緣起緣滅、緣聚緣散。那天午後，靜靜地走進妳的住處，告訴妳說：「我即將離開這裡回到我的家鄉，未來沒有辦法常常來看妳，若有機會歡迎來到我的家鄉，讓我們一起聊聊那年的風、那年的雨，那年的花開、那年的月落。」

離開了妳，但心中始終無法忘記妳。放不下的，是多年來相處的感情；放不下的，是一顆時時刻刻牽掛的心。春天來了，妳說將有一趟遠行，並會來到我的家鄉。我興奮地說，我會在這裡等妳，讓我再度看看妳的容顏、讓我再次向妳說些心裡的話、讓我當面向妳說聲「謝謝」。

妳終於要來了，遠遠地就可聞到妳出門的聲音，我站在路旁癡癡等候著妳，心情澎派激昂，就像久別戀人一般殷殷地期待。當看到妳的樸素的身影，以及千擁萬簇追隨妳的人群，感受到妳體貼善良的心意，這時心中的熱血沸騰，溼潤的眼眶和著額頭流下的汗水，爬滿整個臉頰，「謝謝妳來看我」，「謝謝妳白沙屯媽祖」。

後記：

結束了多年在苗栗的工作，離開苗栗前，來到白沙屯拱天宮向媽祖婆稟告，感謝媽祖婆的照顧，並告訴祂以後無法常常來看祂。隔年四月，媽祖婆南下北港進香，回程經過台中清水時，竟然走了一條祂從未走過的路線，中午就停駕在我家的路口附近休息，我迅速前往膜拜，謝謝媽祖婆來看我。

白沙屯媽祖

相遇

風的聯想

風來了，輕輕吹……輕輕吹……

春天的風，踏著蹁躚的腳步，嫩綠了一片春色；夏天的風，吹拂款款的搖曳，青碧了河岸楊柳；秋天的風，揚起金色的裙襬，繽紛了山巒片片；冬天的風，披著雪白大衣，迷茫了天地蒼穹。風，在四季、在林間、在身旁。

風就像羞澀的少女，在春天幽碧的林間婆娑起舞，展現她絕妙的身影；

風就像飄逸的仙子，隨夏天清浥的荷香穿梭擺款，舞動啊娜多姿；風就像神奇彩妝師，在秋日金黃的大地彩繪處處，絢爛一地光彩；風就像奇幻精靈，乘著冬日的驕陽，幻化大地一遍雪白。

風來了，是信差，帶著蒲公英的種子傳播愛；風來了，是遊子，帶著理想遠颺高飛；風來了，是過客，帶著思念匆匆走過。風走了，是離情，為築夢踏浪而來，卻悄然乘風而去；風走了，是鄉愁，眾裡尋它千百度，驀然回首，卻在燈火闌珊處；風走了，是悲淒，哪堪風吹樹欲靜，人生行孝須及時。

在風起的日子，看山、觀海，聽松風低鳴，看破浪乘風，人生得意，萬般精彩。在風走的時刻，離情、思念，唱人生如夢，歌歸來未晚，繁華落盡，飛花萬盞。

風走了，輕輕吹……輕輕吹……

風起

風走

教師節快樂

很狐疑「教師節快樂」到底對我有何意義？

我曾經是一個忙碌於媒體工作的上班族，多年的職場生涯，讓我變得老練、讓我變得沉穩。但也因此面對多變的媒體環境，羸弱的經營系統，我不再出現歡容，每天像戴著面具般的面對工作、面對生活、面對不可知的壓力、面對笑來迎往的自己。每每於星光閃爍、暮色黯淡，拖著疲累的軀殼回家，再撥開那強顏歡笑的面具，發現鏡中那如魑魅般的憔悴面容，已非昔日英姿勃發的我，這時讓我不斷審視自己，難道這是真實的「生活」嗎？生命真的如此無奈嗎？

在內人的支持及公司的成全下，正式離開了職場，重新面對生命，重新接受生活的挑戰。面對未來的不可知，面對生活的現實壓力，「心慌」或許多少都會偷偷的佔據心中的一小塊天地，但在內人的全力相挺與教育界數位友人的不棄與協助，讓我生活的重心不再孤寂。

為了彌補少年的荒唐，我向內人提出重回學校念書的意想。「年紀都一大把了還要再念書？」內人一陣狐疑後，竟毫無怨言地一路支持，在我同時考上兩所學校不知如何抉擇時，還用真切的語氣告訴我，「那就同時念兩所」，當然這對我而言是力有未逮之舉，還是乖乖地選擇一所學校讀書做學問吧！

就讀中文研究所，我是一位用功的學生，時間，總是在「老莊儒孟」間，一點一滴的流逝；在學校授課，我是一位認真的老師，歲月，總是在「聲香味觸」間，緩緩變老。在匆忙的生活中，日子像過客般，如朝露於春陽、如晚霞於暮色稍縱即逝。但每天面對著一本本厚重的書本、一張張稚幼的笑顏，對我而言，「教師節快樂」是我的人生密碼，一個似乎重生的印記。

謹記於108年9月28日 祝老師們 教師節快樂

我的學生們 學業進步

#教師

#重生的印記

愛要及時

「三月逍媽祖」媽祖生日大拜拜是故鄉年度大事，每逢媽祖生日這個節慶，多少北漂南移的遊子，會回到故鄉，一起參與媽祖繞境活動，重溫兒少時期的記憶，吸吮故鄉那久違的味道。

今年故鄉的媽祖生日大拜拜，適逢五一連假，所以家中兄弟姊妹紛紛從外地歸鄉，除了參與媽祖遶境盛會外，也為了探望家中兩老。從放假第一天起大家陸續返家，原本空蕩孤寂的老家突然喧鬧了起來，看著媽媽嘴角揚著淺淺的笑意，我知道，她心中充滿歡喜，遠在外地的孩子們都回來看她了。

平時節儉的母親，為了展現她對孩子們的關愛，在大拜拜當天訂了外燴讓我們享用，疼愛我們的心情顯露無遺。餐後，母親便向工作於北部的弟妹們說：「明天要上班了，你們路途很遠，吃飽飯趕快北返。」時時惦記著孩子們的生活與工作。當弟弟、妹妹準備行囊北上後，細心的內人發現母親獨自坐在椅子上啜泣，上前關心問候傷心何事？媽媽抿著嘴巴，拭著眼淚，娓娓說著：在想念孩子了。

母親向內人細說著餵養我們五位兄弟姐妹的辛勞，她與父親大字不認識幾個，只能在鄉下務農為生，五個小孩從小便跟他們兩老吃苦，講到傷心處又是潸然淚下。為了平復母親傷感的心情，內人不斷安慰母親，告訴她，因為昔日的困頓，她餵養的五個小孩都孝順懂事，讓她現在無後顧之憂。

為了減緩母親思兒之情，我向母親說：「不要傷心，等一下雖然我也會北返，但過幾天我就又回家來看您，現在每周能看到兒子回來應該高興才對。」此時媽媽終於止住哽咽，臉上露出一絲笑意。

三年前貿然離開職場，就是想多一些時間陪陪雙親，現在雖然還無法時時承歡膝下，但每周回家陪伴，對他們而言已較以往好上很多，父母親已年邁，能有多少春秋，「愛要及時」不要讓自己後悔。

歲月，靜好

走過千山，爬過萬嶽，方知平凡無奇也是美；覽盡大川，閱過大河，方曉涓滴細流竟迷人；涉過紅塵，踏過俗世，方惜平淡無為是久遠。人生無法以自己想要的節奏而行，有時用盡心思，卻只能按著劇本，走過平凡的日子；有時想安於平淡，卻在紛擾的俗世中，演繹一場場華麗的人生。離開了讓我殫精竭慮、憂思愁苦的工作，背起行囊，期待一趟洗滌身心之旅。沒有工作的枷鎖，心情彷彿裝了翅膀，盡情遨遊於遼敻蒼茫，此時才能看山是山，細細品味生活。

合掌村是日本著名的旅遊景點，也是世界文化遺產。它的這個名稱，來自於其建築型式，呈人字型的屋頂外表看起來如同兩手的手掌合起來，於是房子被稱為「合掌造」，村莊就被稱為「合掌村」，而這裡也被稱為日本的「童話世界」，看那古樸的茅草屋頂，一棟棟造型可愛的合掌屋，真的讓人感覺來到了「童話世界」。合掌村四季景色各有不同，春天，看春櫻吹雪，紛飛片片；夏天，品夏荷飄香，清新雋永；秋天，賞金秋紅葉，繽紛燦爛；冬天，迎皚皚白雪，冬夜點燈，因此有人說，一個人一生中要造訪合掌村四次。造訪白川鄉合掌村是生命中的偶然，在不同的季節，我也曾三度來到白川鄉合掌村。

不若首次造訪合掌村的興奮，但此行也滿心期待，希望「她」能讓我再一睹美麗風采，看看合掌村的秋是何等迷人。但期盼也需老天爺幫忙，今天從飯店出發後，雨勢伴著邐迆的山路，忽大忽小從未停過；煙嵐罩著脈脈青山，忽遠忽近未曾遠離。心中的失落感，只能在彼此的唉聲嘆氣中得到絲毫的慰藉，對於合掌村的美景，幾乎不敢有任何想像了。眼見雨勢不停、煙嵐不散，旅行社導遊小崴〈據導遊說他外號叫草泥馬——很搞笑的年輕人〉以他帶團的經驗，告訴大家說：「等一下到達合掌村應該什麼都看不到了」，「合掌村遼望台就不必上去了」，「上面往下看都是一片霧茫茫」，並建議大家在附近走走逛逛，商店街看看是否有喜歡的紀念品，買回家做紀念，不枉來了這一遭……。聽到導遊這一字一句、鏗鏘有力的談話，心情豈止跌到谷底，可能要到十八層地獄才能將失落的心找回來。

遊覽車繞過幾個山坳後，眼前已出現稀疏的茅葺部落，猛一回神，啊！「雨停了」，「霧散了」，「出太陽了」，車上一陣躁動，原來遠遠可見到合掌村的身影。是老天爺的憐憫，是佛菩薩的加持，讓我們千里而來，不抱憾而歸。此時車上你一言、我一語，興奮之情溢於言表，大家各自盤算「合掌村攻略」，研擬如何在短短的一百分鐘，完成合掌村的探索。而我老馬識途，自然是被諮詢及跟隨的對象，幾位初來乍到的團友，就直接跟著我的腳步，一步步直衝向遼望台攻頂而去。

秋收的季節，金黃稻浪迎著清涼微風翩翩起舞，搖曳著阿娜的身影，歡迎我們的到來；璀璨的時刻，沉靜的部落在我們的歡笑聲中，睜開惺忪的明眸，展示過往的青春。相傳合掌村的居民是十三世紀源平之役後，當時戰敗的平氏家族為了躲避源氏家族的追殺，逃入深山築屋而居。目前當地居民仍維持著簡單的農耕生活，採菊東籬下，悠然見南山，與世無爭，怡然自得。若非我們這群無知的冒失鬼，無端的闖入他們的生活，可能到現今時日，他們仍過著山中無甲子，寒盡不知年的歲月。

走入阡陌交錯的小路，遠離了人群，這山更靜了。只剩下潺潺的流水聲伴著紅葉的窸窣聲，為這季節唱著秋的交響曲。沿著山徑緩步上山，聽那巧囀空靈浮游於山巒疊翠，看那青蔥杉林刺穿於天際浩瀚，路旁嬌小的波斯菊也不甘示弱的展現妖嬌身影，競相吐艷，散播芬香，為大自然的美好增添色彩。沿著陡峭的山路緩步直上，山路的盡頭就是瞭望台的所在。拜遼望台之賜這裡是「柳暗花明又一村」，山頂的平台除了一畦畦金黃稻田外，因人潮的到來，特產小舖、露天咖啡座因應而生，反而不似山下那份安恬靜瑟。若非想一睹合掌村全貌，否則來到山頂看到這些與世界文化遺產格格不入的文明產物，真的對美景大打折扣。

時間總在歡笑聲中走過分分秒秒，光陰總在靜謐裡度過歲歲年年，再美的風景總抵不過時間的催逼，該下山的時候還是得下山。飽覽世界級的美景，滿懷暢敘，沿著山路緩步回程。因跟團旅行，時間上不能隨心所欲，所以前兩回都是走馬看花，合掌屋內部構造及陳設都無暇觀賞，因此這次特地保留一些時間，希望能見到合掌屋的廬山真面目。當來到「神田家」附近，空氣中飄著淡淡的咖啡香，就在三間小屋旁地上寫著「湧水咖啡」，難道就是網路上盛傳非常有特色的咖啡屋嗎？不假思索，踏上田埂，走入小屋內。「緣溪行，忘路之遠近。忽逢桃花林，夾岸數百步，中無雜樹，芳草鮮美，落英繽紛」，「復行數十步，豁然開朗。屋內平曠，屋舍儼然。有良田美池桑竹之屬，阡陌交通，雞犬相聞」。完全是一幅陶淵明筆下「桃花源記」之景象。

咖啡小屋正確店名為「落人咖啡」，其咖啡是由合掌村自然湧出山泉水泡煮而成，該店由一對老夫妻獨自經營，據說許多媒體都有報導過，是一家著名的咖啡店。該店最大特色除了香醇甘甜的咖啡外，遊客可自選咖啡杯，用自己喜歡的杯子，裝盛一杯滿滿愛心的咖啡，讓心情在忙碌的生活中得到沉澱，讓思緒在混雜的紛飛裡逐步釐清。坐在咖啡屋裡，看著屋內雅緻的陳設，品著流光飛瀉的芳香，時間在此已稍歇，不慌不忙；光陰在此已停駐，不疾不徐，體會到生命中「歲月靜好」的美妙，實踐了生活中「現世安穩」的美好，縱使人情反覆，哪怕世態炎涼，悠遊閒歲月，瀟灑度時光。

合掌村
歲月靜好

遇見《莊子．逍遙遊》

第一次感覺和莊子這麼接近，與他心領神會，意念相交。

一份望想，讓我從一位缺少文學素養的門外漢，搖身成為一個中文系所的研究生。對於中國文學底蘊基礎薄弱的我，憑藉著一份熱誠與一份傻勁，勇敢地投入學術研究的領域。開學第一天，系主任在先秦諸子的課堂裡，請我們自行認養一位研究，從孔子、孟子、荀子、老子、莊子、墨子、韓非子……洋洋灑灑不一而足。先秦諸子，對我而言個個是只聞其名，卻不識其人，更遑論他們思想著作的研究。同學們一個個選定主題，而我還在發傻呆愣，選誰？當系主任眼神與我相對，我只好硬著頭皮哂哂說道：「莊子可以嗎？」

隨著時間一點一滴慢慢沿著學校樓梯緩緩滑洩，完全沒有研究經驗與研究基礎的我，真不知道從何下手。看著同學們屢屢從圖書館抱著一疊書出來，我也在多年以後，再度走進圖書館，找尋我的研究素材。看著書架上琳朗滿目研究莊子思想的著作，裡面的作者讓人眼花撩亂，每一位作者（學者）的名字對我都極其陌生，簡單地翻閱各本著作內容後，我也抱著一堆書本迎著朗朗月光，走在寂靜的校園，感受自己呼吸與心跳的聲音，心想至少這是個開始吧！

閱讀《莊子》是時機的巧然？或是機會的偶然？還是因緣俱足？讓我中

年之際得以領略《莊子》的生命思想之美。《莊子》是生活智慧的結晶，是對生命反思的作品，這個年紀來品讀《莊子》真的另有一番滋味。從內篇《莊子．逍遙遊》的寓言中細細品味莊子的思想，鯤鵬的故事，用了極其誇飾的手法來形容鯤鵬之大，「北冥有魚，其名為鯤。鯤之大，不知其幾千里也。化而為鳥，其名為鵬。鵬之背，不知其幾千里也」，光從文字的判讀，心中或許會有無限疑惑，這是真的嗎？還是莊子荒誕不經的幻想？

在中學時期，國文課本就曾接觸過這篇文章，但對於莊子的設喻是無法理解的，在那青春正好，思想單純的叛逆時期，哪能體會生命的成長與轉化呢？鯤其實是小魚（郭慶藩．莊子集釋），而在生命成長的過程中變成一條幾千里大的魚，這正在敘述我們人的成長歷程，生命由小到大的茁壯。而由一條魚飛昇轉化成鳥，這又是一個荒謬的設喻，但莊子要告訴我們的是生命的茁壯必須經過轉化才能積累生命的厚度。

但如何轉化積厚生命呢？「鵬之徙於南冥也，水擊三千里，摶扶搖而上者九萬里，去以六月息者也」，大鵬鳥想飛徙於南冥，努力的振翅在水面飛擊了三千里，並藉著扶搖而飛上九萬里天，經過半年的飛翔終於到達。其內涵不正是告訴我們，生命要想轉化積厚，必須經過不斷的努力與堅持，並把握住機會才能成功。所謂「沒有一番寒徹骨，焉得梅花撲鼻香」，生命的體悟不正是如此嗎？

人的渺小，來自懵懂與無知，而蜩於學鳩之譏，不啻是這類自我感覺良好、目光如豆的人最佳寫照，「我決起而飛，搶榆枋，時則不至而控于地而已矣，奚以這九萬里而南為？」學鳩為自己飛於樹間而滿足，而質疑大鵬為何要憑風而起飛於九萬里？人志氣的高低與眼界的大小，就如鵬與鳩之對比，在滾滾紅塵之中是屢見不鮮，有人才德不備又愛指東道西，有人爭功諉過又怕責任上身，此非如學鳩之類嗎？。

富貴榮華，功名利祿是多少人追求的夢想，多少人汲汲營營，就是想在普世的價值中，創造一身榮耀。但名利終究是身外之物，許由之拒於帝堯，就是看清事實的本質，才會有「名者，實之賓也，吾將為賓乎？」役於物、囿於名，生命將永遠禁錮於「名」與「物」之間。智者如許由，不為帝王之名所迷惑，生命的自主由自己主宰，沒有世俗的枷鎖，生命得以逍遙。

初讀《莊子》，總以為莊子思想如此消極避世，凡事不忮不求，在競爭如此激烈的環境中如何實踐莊子思想？在凡事講求績效，在人我之間講求利害的現實中，不被生吞活剝嗎？但細品其況味後，才明白「無用之用，才是大用」，就如那棵長於偏遠之鄉的大樗樹，「臃腫而不中繩墨，卷曲而不中規矩」，完全是無用之材，所以對人無害，且毫無可用，永遠不會受刀斧斫砍，因此能長成參天巨木，庇蔭大地，滋養生靈，無用嗎？大用也。

莊子思想是給忙碌的現代人，一劑安頓身心的解方，生活總是在忙與盲中渡過，忙於五斗米的給予，盲於不知心靈的出路。在身心俱疲之際，解讀莊子，讓自己學會「舉世而譽之而不加勸，舉世而非之而不加沮，定乎內外之分，辯乎榮辱之境」，讓心神得以「乘天地之正，御六氣之辯」，逍遙於無何有之鄉。

睡袋情緣

褪色的外衣，無法掩蓋昔日的風華；皺褶的外表，無法減滅昔日的靚美；老舊的容顏，無法消除對你的愛戀。那年，因為有你的陪伴，讓我的青春歲月，寫下了一段又一段難以磨滅的人生記憶：一只老舊的睡袋，它承載著一段令我難忘的成長故事。

「銀燭秋光冷畫屏，輕羅小扇撲流螢。天階夜色涼如水，臥看牽牛織女星。」再度走上成功嶺，已是瑟瑟金風吹起的季節，仲秋的氣候不若暑期大專集訓的酷熱，秋涼如水的日子，在此接受新兵訓練，夜晚已有絲絲的涼意。新兵訓練是軍旅生涯的第一站，在這裡除了少了教育班長對大專寶寶的「呵護」外，其他的受訓型態一如往常。三行四進、刺槍術、五百障礙、射擊訓練……，該有的沒有一樣逃得掉，其中最令人苦惱的晨間內務檢查：把棉被疊成豆腐乾，要有稜有角、線條分明。很多同袍怕集合遲到，或怕內務檢查不合格遭到處罰，因此，三更半夜起來折棉被的有之；晚上睡覺不敢蓋棉被的有之，搞得大家神經兮兮，精神非常的緊繃。

教育班長也看到大家遭遇到的困難，因此在放假前夕特別叮嚀大家，收假回營區時，記得帶一顆睡袋，晚上睡覺就蓋睡袋，將內務檢查的棉被放置在床頭旁，白天把睡袋收納整齊，藏放在個人的衣物櫃，這樣大家就不必為了內務檢查，三更半夜起來折棉被。有了班長愛心的提點，大家在收假回營時，便都準備了一顆睡袋，而這顆睡袋便陪伴了我往後在軍旅生活的每一天。

在睡袋的幫襯下，我們終於可安心地睡覺。一個月的新兵訓練就在匆忙的日子裡結束了，抽完籤之後等待部隊的分發，未來何去何從心中是惶惶不安。教育班長晚上召集我們，並告訴我們說，「明天，你們將離開這裡，未來分發到哪裡沒有人知道，但有一個好消息告訴各位，你們這一班沒有人抽中金馬獎。」這句話猶如定海神針，班上同袍每個人喜悅之情溢於言表。

將睡袋塞進黃埔大背包，在新單位的人事官帶領下，一群阿兵哥浩浩蕩蕩搭上台鐵普通車一路北上，來到了中壢火車站下車。火車站前停了幾輛軍用大卡車，我們一大群大頭兵便依序上車，車子沿著新屋方向疾駛而去，不久之後來到了我們心中期待已久的新單位——雙連坡精誠連。部隊主管集合我們這群新兵，除了介紹精誠連的「特色」外，也告知我們一些部隊的規矩，並嚴格規定不得在營區抽菸。聽完部隊主管的訓話，心中已暗暗叫苦，這裡是什麼鬼地方啊！每天早晚要跑五千公尺，白天要練習五項戰技，這根本是魔鬼訓練營。

隔天一早部隊集合，連珠炮般的破罵聲不絕於耳，並指我們這群新兵不自愛，昨晚有人躲在廁所偷抽菸被抓到。部隊長下令全部新兵將香菸交出來，並將幾十條的香菸（不是幾十包喔）全部拆封，放在數個軍用鐵臉盆裡當場焚毀。這等禁菸的魄力，我彷彿見到了林則徐在世，為了拯救黎民百姓於菸毒之害，不惜得罪大英帝國，於廣州查抄煙毒並當場銷毀。中午休時刻，操場上傳來陣陣地吆喝聲，原來是有幾位新兵裹著大睡袋在豔陽下操練，我想，這幾位英雄應該是昨晚偷抽菸的漢子，只是不幸事跡敗露，而落得如此下場。心中除了不斷的慶幸自己不是癮君子外，也見識到了睡袋的多功能用途。

精誠連待了一星期後，已逐漸習慣了這種操練的生活方式，各種訓練都能應付自如，早晚五千公尺對我而言也是小菜一碟，這種生活就像昔日在田徑場上訓練一樣，令人怡然自得。這時，部隊長又說，這裡只是你們臨時落腳處，下周起師部各單位會來選兵，那裡才是你們的部隊。不久之後，我就拎著睡袋揹著大行李來到了桃園下湖機械化師的師部。

桃園下湖與台北林口比鄰，冬天的天氣是又濕又冷，這時睡袋便發揮了最大功用，濕冷的冬天裹著大睡袋睡覺是多麼幸福的事啊！新兵的日子總是忙碌的，不久之後，連長便指派我與同梯三人到駕訓隊學開軍用大卡車，此時又帶著睡袋來到林口的駕訓隊，準備接受為期一個月的卡車駕訓，結訓後也順利考上軍用卡車駕照。（聽說沒考上駕照回部隊要關警閉室，因此每個學員都戰戰兢兢。）

結束了駕訓後歸建原部隊，不久便又在連隊接受無線電載波士官班的訓練。回到連上，希望日子就此平平淡淡的過去，熬過一年半的役期平安退伍就好。誰知，三月底接到支援師對抗的通知，打包好行李，帶著睡袋，開著吉普車，載著無線電多波道機，一路餐風露宿南下進行師對抗。演習作戰的日子，白天不是忙著轉移陣地移防，不然就是窩在吉普車上接收無線電，晚上則與台長蜷縮在車上抱著睡袋入眠。三、四月正是春雨綿綿的日子，睡袋在野外也吸足了潮氣，混合著在野外無法洗澡的汗臭味，這種五味雜陳的味道著實難聞。但每每看到野戰步兵頂著大太陽，滿頭大汗的行軍；或是穿著雨衣、扛著機槍，冒雨步行前行的辛苦，我能開著吉普車呼嘯而過已是萬幸，這種「男人的味道」就不算什麼了！

結束了十五天的作戰演習回到連隊後，我就被正式授予士官官階，從此脫離可憐恐怖「菜鳥巴」的新兵生涯。我是通信兵，連隊上一直存在著惡習，就是老兵會打新兵（是打不是欺侮喔！），剛分發到部隊，三更半夜就聽到寢室乒乒乓乓的聲音，原來是某位老兵看某位新兵不順眼，半夜進行「晚點名」，這名新兵就站在床邊白白地挨揍。我們常常受到莫名的處罰，新兵會被集合到寢室，被老兵進行一些不人道的訓練：貴妃醉酒、倒掛金鉤、三秒鐘離開地球……，只要動作不合乎要求，不是迎來更多的處罰，便是換來一頓無由的胖揍。幸好當時我的體能非常好，各種體能要求都難不倒我，加上一位即將退伍的老士官對我呵護有加，帶著我在這些會打新兵的老兵面前說著：「他是我的人，請各位不要對他出手。」就這樣平平安安地度過菜鳥兵的階段，升上士官，這些人就不敢以下犯上。

升上士官後，部隊五月份旋即要下基地訓練，我們這群新授階的士官成為基訓的主力，因為老士官都在數饅頭準備退伍。當部隊將車輛、器材上火車後，我們便拿起個人行李，帶著從成功嶺一路陪伴的睡袋南下到台南新營通信基地。南部的太陽熱情如火，看到我們這群從北部下來的阿兵哥更不放過，陽光如尖刺般的穿透草綠服，蒸騰的熱氣薰得滿頭大汗，每天都在汗水淋漓中度過。台南是芒果的主要產地，營區裡種了好多愛文芒果，此時芒果已接近成熟，芬芳的芒果香縈繞在整個營區，也因此為我們開啟了一段「芒果情緣」，讓我們在當兵的歲月裡，留下難以磨滅的記憶。

基訓的日子，每周需要外出演訓三天二夜，我們的足跡遍及雲、嘉、南、高等縣市，因此，趁著到處演習之便，白天我們飽嚐各地的美食、飽覽各地美麗的風光，晚上則拿著紙板、抱著睡袋席地而睡，若遇到稻田收割，則躺在軟綿綿的稻草上，一夜好眠。現在我常常想著，當時怎不怕蟲蛇蚊蚋？竟然可以如此地隨遇而安，如此地活在當下。

好不容易來到了熱情的南台灣，假日時，我們一群沒有女朋友的傻光棍，便會相約到南部各大景點旅遊，嘉義阿里山、台南赤崁樓、高雄愛河、屏東墾丁……。我們還做過更瘋狂的行徑，星期六下午六點放假後，幾位同袍共租一輛車，一路從新營開到屏東楓港再開南迴到台東，當車行到台東太麻里，天色已濛濛亮，看著太陽從海面上竄升，聽著波瀾壯闊的太平洋潮聲，縱然是滿臉倦容，但也難掩心中的雀躍。之後我們便沿著南橫回台南，一路上走走停停，欣賞壯麗的南橫山色，天池、埡口、玉山國家公園紀念碑……，都留下我們的足跡。對於南部的景點真的只有我們沒想到，絕對沒有我們到不了的地方。

結束了基訓，回到了桃園，我們正式成為部隊的頂梁柱，因為學長全部退伍了。我們除了要維護通信器材，還要訓練學弟接手，因此新兵的培訓就落在我們這群士官的身上。記得當時連上來了一個不識字的新兵，全身刺龍刺鳳，因為不識字，所以無法操作通信機。當新兵在操練使用通信器材時，他便無所事事到處閒逛，後來連長就把教他識字的重責大任交給我，所以每天都要安排時間教他識字，上課一段時間後，我便和他聊及家住何處？為何這種年紀會不識字？他才說他來自嘉義市，因為從小就混幫派，所以沒有讀書，目前是嘉義市某地的小角頭。聽他侃侃而談，發現他其實很聰明，沒讀書不識字只是他拒絕勤務的藉口，所謂「裝睡的人叫不醒」，真的要教會他讀懂通信手冊，教他學會操作無線電通信機不啻是緣木求魚，不可能的事情，因此教他識字的任務，也在我到軍團參加田徑訓練後戛然而止。

國軍每年三月會舉辦體能競賽，除了各項戰技的比賽外，也包含田徑比賽，戰技比賽由各部隊長期訓練，我剛下部隊銜接教育的精誠連便是為國軍體能競賽而設，而田徑比賽則需由各部隊找出優秀的運動選手參賽。因此秋天時，師部便召集師內的田徑選手集訓，準備到軍團參賽。同梯的董哥是十項好手，早已是軍團培訓選手，當師部發出召集令後，董哥便向師部推薦我一起參加，我們每天到桃園體育場練習，重溫高中時期練田徑的歲月。而在軍團的比賽中，我們為師部贏得四百公尺接力金牌，光榮地回到部隊。贏得軍團的比賽冠軍，按照往例師部會給選手放榮譽假，但還沒來得及休假，我和董哥就被通知前往六軍團報到，我也就稀里糊塗地背著睡袋走向龍岡大操場，度過了數個月的練田徑生涯。

國軍體能競賽結束，我又歸建部隊，剛回到營區，只見同袍開始打包行李，原來部隊又要下新營通信基地，我就原封不動地將背包與睡袋送上車，跟著部隊來到新營。這次下基地是我們退伍前的最後一次基訓，此行我們的任務就是要把工作傳承給學弟，演訓上壓力不像第一次那般重。雖然演訓操練內容不變，但是以抱著遊山玩水的心情走遍南部各縣市，豈不快哉。

演訓的日子，是南部青芒果盛產的時期，我們便會開著吉普車來到芒果樹下，將充滿彈性的碳纖維天線桿在芒果樹下任意甩動，不久之後許多青芒果便落滿吉普車頂棚，我們便將當天的收穫帶回營區製作酸酸甜甜的「情人果」，現在想起來，還是讓人口水流滿地。

基訓結束回到營區已是六月，不久之後部隊就接到通知，七月份將到觀音鄉協助農民收割，這是當兵生涯很特殊的體驗，我們整個部隊駐紮在觀音國小禮堂，每天部隊長會按農民申請的人數，派員協助收割稻子。我因為會開卡車，農民就請我協助開車，將稻米載到指定地點下貨。中午午餐時間，部隊會派車幫我們送便當，但我們到農家幫忙，農家都會幫我們準備客家鹹湯圓或是米苔目之類的點心，所以部隊的便當就吃不下了，只能請農家幫我們處理。出外助割，晚上就在學校大禮堂裏著睡袋席地而睡，但因為與大部隊一起活動，反而不若基地訓練時的自由自在。

助割結束後，距離我們退伍的時間已經越來越近，本來想著可以和前輩一樣過著每天數饅頭耍廢的日子，哪知連上輪到師部大衛勤，我與幾個同梯士官便帶領衛兵來到師部大門警衛室報到，執行緊急待命班任務，與憲兵共同戍守師部大門。這段期間我們幾個待退士官和衛兵一樣，每天輪著站二休六的衛哨勤務，任務非常吃重，與我們共同執勤的憲兵，當得知我們即將退伍都露出不可思議的表情，因為一般慣例，待退的老兵連隊幾乎不會安排勤務，而我們幾個同梯的士官竟然還在緊急待命班值勤。

終於熬到八月三十一日，回到連上領到了退伍令，打包好個人行李，看著與我朝夕相處一年十個月的睡袋，心裡想著要帶走它嗎？這時腦海浮現這一年多來，它陪我走過多少風風雨雨，它是忠實的夥伴，我應該要珍惜它。因此，把它塞進了背包，揹著它緩緩地走向師部大門，準備告別軍旅生涯最後一站的地方。大門憲兵看到我們幾個待命班的士官穿著便服準備走出營區，便開玩笑地說：「休假喔，太幸福了，晚上回營記得要幫忙帶一份麥當勞。」我們笑說：「等一下走出營區就不會再回來了，因為我們今天退伍了！」當大門口憲兵聽到我們要退伍，驚呆了，因為這一個多月的日夜相處已建立很好的默契與感情，吃住在一起，偶爾休假放風到桃園市區溜噠，也會給執勤的夥伴帶份麥當勞慰勞一下。大門憲兵一聽我們要退伍了，便說要給我們一個終身難忘的退伍紀念，於是通知緊急待命班關閉師部大門，並請留守部隊的憲兵及待命班的衛兵，將我們七位同梯團團圍住，把我們一個個丟入師部水池中，每個人全身溼答答地離開營區光榮退伍，這個退伍紀念真的終身難忘啊！

退伍了，終於離開那個禁錮身心囹圄之地，而與我朝夕相伴，陪我東征西討的睡袋似乎已用不著了，但因為它是我青春記憶的一部分，實在捨不得丟掉，於是就一直把它束之高閣，收藏在衣櫥裡。日子年復一年地過去，每年只有在歲末年終大掃除整理衣櫃時，才會發現到它靜靜地藏在衣櫥裡，這時我會把它拿出來看一看，讓思緒流轉，讓時光倒旋，讓過去的青春歲月如微電影般，一幕幕地閃過腦海。之後，又將它往衣櫥一塞，等待下一次翻衣櫃時再與它見面。怎知世事難料，就在今年年初，因為需要外宿，我又拿起來這只陪伴我睡過野外、廟宇、山巔、水畔的睡袋，並開始使用它。每次蓋上它就像老朋友陪在身邊一樣令人安心，謝謝你忠心的陪伴，心愛的睡袋。

#睡袋

#軍訓生活

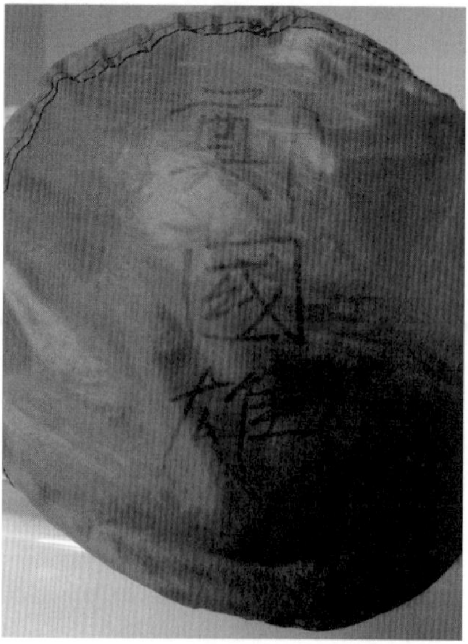

靜，好

閱讀張愛玲的人生故事，除了稱羨她的文學才華，她與胡蘭成的那段婚姻也令人好奇。在他們的婚書上寫著「胡蘭成與張愛玲簽訂終生，結為夫婦。願歲月靜好，現世安穩」。這一段轟轟烈烈的愛情，雖然最後胡蘭成只是給了空口承諾，它卻讓張愛玲為愛情半生纏繞。「歲月靜好，現世安穩」這一段才子佳人的故事沒有完美的結局，但這句話留給後世紅塵男女多少的想像與期待。

喜歡「靜」，它讓人有一種放鬆、豁達的感覺。曾經在看完侯孝賢「戀戀風塵」這部電影後，被電影中美麗山城的靜謐所感動，一個人，來到菁桐，沿著鐵道，探尋被遺忘的煤鄉；踏上平溪，順著溪澗小路，嗅聞那幽然淡雅的野薑花香；走進雙溪，體驗「月明松下房櫳靜，日出雲中雞犬喧」的美好世界，猶如是誤入桃花源的俗客，在「靜」的環境中體會生活與歲月的美好，享受短暫的浮生半日閒。

喜歡「靜」，在自己的小天地裡，細細品味文字的優美；在詩詞中與古人神交，領略「靜」的意境。南北朝詩人王籍的傳世名句「蟬噪林愈靜，鳥鳴山更幽」，是以蟬鳴鳥叫烘托若耶溪的靜與美？或意有所指，在動盪的亂世，只能心如止水？否則怎有「此地動歸念，長年悲倦遊」之慨！唐朝韋應物的「懷君屬秋夜，散步詠涼天，空山松子落，幽人應未眠。」「靜」的空靈如松子落在山谷中，空谷跫音般的迴響令人想望。而柳宗元的「江雪」一詩，「千山鳥飛絕，萬徑人蹤滅，孤舟簑笠翁，獨釣寒江雪」，把「靜」的層次更提升到天地之間，天地都靜了，唯獨駕著一葉扁舟的漁翁，在天寒地凍的雪天，靜靜的兀立江邊垂釣，哪詩中的畫面，似乎把時間與影像定格，萬物都靜了。

人，因為「靜」而知曉創新，能用心思考未來，開創美好明天；因為「靜」而明察秋毫，靜觀萬物，怡然自得；因為「靜」而懂得沉澱，能品嚐人生甘味，發現生活中的美好。所以我們擺渡於紅塵，蜉蝣於天地，當千帆過盡，若留下的只是爭奪與名利，而忽略了生活中一草一木、一山一水，豈不辜負了歲月的「靜」與「好」，也辜負了人生這一遭。

邂逅

故事的開始，總是，一種相思、兩處閒愁……。

有一種愛輕描淡寫，但刻骨銘心，那是兩小無猜純純的愛；有一份情若有似無，但相互牽盼，那是深刻雋永兩情相悅；有一個人深情凝眸，善解人意，那是天真浪漫伊人的臉。

初秋的午後，大雨不時地傾瀉而下，看那激越如銀帶的波濤，奔騰在汩汩的溪流，滋潤了乾涸的大地；聽那咚咚如磬的雨聲，敲擊在寧靜窗櫺，喚醒了沉睡已久的記憶。思緒在金風秋雨的撩撥下，一陣陣地翻騰，掀起了昔日動人的時光；意念在雨後殘虹的呢喃裡，一片片地撕開，紛飛了舊時懷念的溫柔。

那一年，在校園的一隅，她，總是默默地等待下課鐘響、微笑地等待他的出現，一起在學校餐廳吃那五十元便豐盈無比的晚餐、一起在學校圖書館準備彼此的功課、一起在朦朧的夜色下，走到夜市享用令人垂涎的意麵、兩人再喜孜孜地沿著昏黃的路燈漫步走回家，日復一日。在假日時刻，他們，總是同享一片蒼穹灑落的雨後微光、同聆一陣鳥囀勾起的一抹微笑、同賞春花秋月的美好景緻。沒有遐想，沒有逾越，只是靜靜地享受兩人世界；沒有承諾，沒有告白，只是默默地彼此相互認定。

那一日，也是秋風吹起的季節，繽紛的落葉，飛舞在寧靜的午後。她紅著雙眼，眼眶泛著閃閃淚光，低聲訴說著即將離開這座城市，未來的路無法陪他一起走過。從此，一個人的晚餐、一個人的孤獨、一個人的春花秋月、一個人的痛心疾首，山與水兩兩相忘、日和月已無瓜葛。往昔甜蜜的戀情已成風中飛絮，飄向未知的遠方；舊日美好的時光猶如撕裂的殘卷，渺無伊人的芳蹤；一顆破碎的心伴著淒冷的月光，幽禁在城市孤寂的角落。

時間撫平了傷口、忙碌沖淡了思念、工作替代了戀情、酒精麻醉了自己。而，生活總在不經意間悄悄地度過春夏秋冬，時間總在期待裡靜靜地走過歲歲年年。她的身影已模糊、她的笑聲已淡忘，只有如洗的月色陪著他藏身喧囂的城市，只有寂寞的心靈伴著他踏過落盡的繁華。

秋的涼意滲透在清晨的空氣中，路旁的紅葉為城市裝扮絢麗的彩衣，季節的替換正默默的進行；寧靜的街道傾吐著喃喃細語，訴說著千年不變的愛情故事，相遇總在那令人懷念的季節裡。

獨自踽踽走在紅葉鋪灑的街道，看著陽光穿透樹梢縫隙，那金燦的光芒撒落一地，映著滿地繽紛的紅葉，讓這城市更加亮麗璀燦。看著隨風飄散的紛飛，秋的愁緒也淡淡地湧上心頭。此時迎面而來一個熟悉的身影，及一抹久違的微笑，他驚訝地停下腳步，看到她微開雙唇，娓娓說著：「這些年你好嗎？」他心頭一酸，雙眼淚珠已不由自主氾流，噙著淚水說道：「邂逅一個人只要一瞬間，愛上一個人需要一輩子」。

秋

紅葉

飛翔吧！小天使

從小父母親便三申五令，「鄭家不可以養狗」，所以從小縱然心裡喜歡小狗，總不敢違背父母旨意，但養小狗的意念從未從心中消除。

民國九十四年初，公司隔壁搬來一家寵物店，看到一隻隻可愛的小狗在店裡的籠子裡或趴、或睡、或調皮的逗弄同伴，總吸引我的目光，神魂似乎被這些調皮的精靈勾引，常常會失神地望著籠子傻笑。無法克制這些小狗的勾魂，索性在假日佯稱帶家人到戶外走走，車子直接開到了公司門口，帶著家人走向寵物店，假裝充滿父愛的口吻對女兒說：「妳喜歡哪一隻小狗呢？若妳敢抱牠，爸爸就買回去與妳做伴。」女兒樂不可支，雀躍不已，而老婆悶不吭聲，早已識破我的詭計，嘴角露出淺淺的笑意。就這樣把「妹妹」帶回家，並要求女兒要負起小主人的責任，要幫「妹妹」清理及餵食，要好好照顧「妹妹」。

第一次當狗爸，心情難以言喻，巴掌大的「妹妹」到家的第一天，可能環境陌生，加上天氣寒冷，整晚在籠子裡哀號，而我也整晚樓上樓下來回奔跑，就像家裡多了一位嬰兒般的緊張，深怕「妹妹」凍著了。當然老婆就在我進進出出房門間，哀怨的嘆聲「家裡多了一位狗奴才」！

家裡多了這位新成員，全家的生活型態也開始改變，每天回家大家都是先問「妹妹」在哪裡？她成了全家生活重心，幫她治裝、買零食、帶她散步郊遊，我們到哪裡，「妹妹」一定跟到哪裡，她已是家裡的一份子，當然從此刻起，我在家裡的地位又倒退一名。爭寵是我們常玩的遊戲，每個人爭相獻媚，希望能博得「妹妹」關愛的眼神，但媽媽永遠是「妹妹」的最愛，而我只能用哀怨祈求的眼神，希望「妹妹」給我一個熱情的擁抱，但，總是期待越大失望越大，只有在想睡覺時，才會想到我，在我身邊磨蹭，窩在我身上安穩睡著。

時間一天天過去，很習慣每天有「妹妹」的日子，陪我們開心、看我們歡笑，一起踏青賞春光、一起沐風迎冬陽，年復一年。那天，突然發現「妹妹」步履蹣跚，走路氣喘吁吁，這時才驚覺「妹妹」變老了，心中一陣震懾，憂心著彼此還有多少相聚的時間。看著「妹妹」活動力變差，食量越來越少，身體羸瘦不堪，每天藥不離身，心中萬般不捨，但還是用最大的努力來照顧她，希望「妹妹」能多陪我們一些時間。

時間終於在「妹妹」身上畫下休止符，縱有不捨，心中還是坦然面對，緣起總有緣滅時，十餘年的歲月，不知是長或短，但謝謝「妹妹」這十幾年來帶給我們無盡的快樂與無盡的愛。飛翔吧！小天使，謝謝有妳的陪伴，當風吹來的時候，我知道妳又圍繞在我身旁。

給可愛的小天使「妹妹」2019.7.27

#「妹妹」
#小天使

天空的那一片雲

「你是天空裡的一片雲，偶然投影在我的波心……」，我知道你回來了。沒有徐志摩的多情浪漫，就在抬起頭的瞬間，心中的那一片酸楚，就在此刻全部化開……

對於你的離開，是解脫病魔的桎梏，永生的開始；對於你的離開，是抱著祝福，但心中總是和著那一絲絲的酸楚。沒有愛過哪來的痛，沒有哭過哪來的慟，當下我全明白了。上課時與學生分享夏宇的詩作「把你的影子加點鹽，醃起來，風乾」，學生很有創意的寫出「想把你的影子加點甜，中和酸楚的不捨，藏起來，獨享」。當時還不懂學生的心境，但現在，我全懂了。

農曆七月，走入煙火熄熄的寺廟，在喃喃的誦經聲中，祈求菩薩帶你到西方極樂世界。在法會的燈篙下，一炷香、一份心，心中呼喚著你的名字，希望你隨著聲聲經文梵誦、隨著熄熄煙火來到菩薩身旁。擲杯請示，也得到菩薩的應允及確認，你來了。

酷熱的七月，太陽毒辣地把大地烘得火燙，緩步走出寺廟，忘記了溽暑炎熱，心中想著只是你的身影。此時，眼前陽光突然一暗，我猛一抬頭，看著天空那朵緩緩飄過的雲彩，那不正是你的身影嗎?原來你真的隨風而來，謝謝你……，讓我知道你在天上過得很好。

給在天上的小天使 馬爾濟斯犬 妹妹。 2019.8.2

雲彩

天上的小天使

我的老師

「杜雄啊！最近好嗎？」生澀的台灣腔調（老師是雲南人）、熟悉的鄉下人招呼方式，聽在耳邊，陣陣暖意直上心頭。霎時眼眶迷茫，縱使男兒有淚不輕彈，但眼睛還是逐漸模糊。看著三十餘年未曾謀面的國小班導師，已屆耄耋之年仍身體硬朗，心中無限欣慰，立刻給老師一個深深擁抱，並向老師說：「老師，謝謝您」。

老師對我們要求非常嚴格，他每天早上六點三十分便到校（老師家住學校後面），在黑板上抄寫板書，並要求我們要抄寫完成後，才可到教室外玩耍。這對一群十一、十二歲的孩子是多麼痛苦的事呀！不但要早起上學，還要寫完功課？所以有幾位同學在無法達成老師嚴格的要求下，幾乎天天在他的教鞭下討生活，當然我也是其中一份子，如果有一天沒被老師修理，那是天大的恩寵啊！

除了治學嚴謹，他對我們生活教育的要求一樣一絲不苟，為了提升我們的衛生習慣，要求同學每天要帶手帕及衛生紙〈鄉下孩子少用衛生紙習慣，冬天縱使兩行清涕也是雙手一抹〉，所以每當老師檢查時，總會發現一群同學到處借衛生紙的景象，否則接下來的一頓竹筍炒肉絲也是讓人痛徹心肺！另外老師對我們的指甲一直不能苟同，長長的指甲縫藏著一層污垢，所以老師嚴格要求同學要剪指甲，若是讓他檢查到指甲太長太髒，就會賞我們與教鞭共舞，因此好多同學都練就了用牙齒剪指甲的功力。

小學畢業後，同學們因升學或就業而各奔東西，老師也在數年後轉調他校而失去了聯繫。因緣聚會，因為母校六十周年校慶，讓我們有幸再與恩師重逢，憶起昔日點滴，感謝老師諄諄教誨。在每日的板書中提供無數的人文與社會科學的知識，日漸有功，只是當時我們不自知，而對生活教育的要求，也為日後我們成為下一代之典範。您的無私付出，讓我們有健全的人格發展，再一次說：「老師，謝謝您」。

#恩師

#諄諄教誨

清晨的約會

約會？對一個中年男子而言，是多麼不容易的事啊！況且家裡還有個苦守寒窯的老婆，這樣做似乎有點不道德。但俗話說：「妻不如妾，妾不如偷，偷不如偷不著」，人生總要有些刺激，做為生命成長的養分，管他的世俗禮教，管他的道德倫理，這一回，就勇敢地做自己吧！

今晨起個大早，迅速整裝，沸騰的熱血早已淹沒了理智，想著等一下清晨的約會，是浪漫？是偷情？是久別相思？還是舊情重燃？在熱情的驅使下，這些都不重要了，只想著再次一見芳容，再次擁抱入懷，那是多麼令人興奮的事。

蹬上自行車，迎著晨霧，沐浴在朝暾初上，丹霞迎面的木棉花道上，看著光禿禿的樹枝上冒著一朵朵橙紅花苞，就像一盞盞紅艷的燈籠，沿著馬路兩旁正準備大肆開放。想必幾天之後，會是一場令人驚艷的花事，所謂「數大便是美」相信徐志摩若能見到此美景，必能書寫動人篇章，再度感動世人。

清晨的公園薄霧未散，彷彿披著一襲朦朧白紗，在微風的吹拂下輕輕地舞動。茵綠的草坪上點綴著一顆顆彷如鑽石的水珠，晶瑩剔透，閃閃動人。此時遠遠的就瞥見妳窈窕的身影，走在這片青翠的草地上。我停下腳步，等妳慢慢地走近，看著微風吹過妳的髮梢、妳的眉，送來一陣陣桃紅的幽香，那思念已久的氣味，終於在心中化開並無限擴散，氾溢的感情充塞於腦海中，此時真想擁妳入懷，但，我最終還是忍住了！

妳嬌羞的輕啟紅唇，那櫻桃般的小口，低聲呢喃著多日不見的情愫。輕輕挽起妳的手，沿著步道慢慢走著，偷偷端詳妳如菡萏初開的容顏，清新脫俗，那動人的氣質在一顰一笑間展露無遺；細細輕撫妳如流蘇般的細細長髮，微泛清香，那雋永的味道在舉手投足間慢慢散發。公園的一隅，幾株櫻花正盛開著，粉紅的落櫻隨著微風旋舞於你的肩，滑落在妳那如幽蘭似的澎澎裙上，點綴出妳娉婷阿娜的身影。

美好的時光總是特別短暫，我怎能兒女情長呢？該是分手時候，還是得離開，心中縱有萬般的不捨，但仍然要忍住離別的憂傷，畢竟這是一場短暫的約會。我承諾明天會再來看妳，見妳低下頭，眼眶滾著淚珠，緩緩地說著：「我會在枝頭等你」。
清晨的約會——與春天。

約會
與春天

走在拉薩街頭，我遇見

來到拉薩，是人間天堂？是神佛故鄉？是旅人驛站？是藏人信仰？

七月的午後，拉薩的陽光亮燦燦地從轉經輪上射入眼簾，刺眼的光芒，訴說著千年的傳奇與感動。看著轉經的人潮沿著大昭寺八廓街，一圈圈繞著鼓鼓作響的經輪；一路上喃喃的誦經聲，隨著轉經的人潮，充塞在隱隱作痛的耳朵；空氣中瀰漫著酥油燈的味道，緩緩地滲透在高原稀薄空氣中，散發出微微的芬香。虔誠的信徒，穿著幾乎磨破的大衣，匍匐在他心中的天堂，不斷頂禮膜拜；堅毅的眼神中，訴說著靈魂得到神佛的救贖，生命得到上蒼的眷顧；滿臉滄桑裡，刻畫著不畏風霜雪雨侵擾，不懼艱難環境磨難的神態。

清晨裊裊的雲霧撐起了層層疊疊的山巒，霞光幻化的晨曦不經意地喚醒了一座座浩瀚的大山。丹霞輕捧的朝暾乘著微風，掀開宛若羞澀少女的薄紗，讓那美若天人的樣貌，驚豔的示現在眾人眼前。一縷縷繽紛的馨香，飄盪在微醺的街頭，洗滌了汙濁的塵世；一串串晶瑩的晨露，鋪灑在寧靜的高原，亮麗了遼敻的大地，讓她這絕美的身影，娑婆在那遙遠的天堂。

大街上依舊是人來人往，朝聖的旅人在大昭寺旁的街廓吵雜了起來，寧靜的高原已在人群雜沓中悠悠甦醒。為了捕捉這美好的一刻，我也步入街廓、閃入人群、在淡淡幽香中汲取那生命中的美好。此時，街角一隅傳來陣陣輕柔的歌聲，一位年輕的藏族青年正在混雜的人群旁，哼著動人心弦的曲調，隱約中聽到那歌曲：

那一刻，我升起風馬，不為乞福，只為守候你的到來；
那一天，閉目在經殿的香霧中，驀然聽見你頌經的真言；
那一月，我轉動所有的經筒，不為超度，只為觸摸你的指尖；
那一年，我磕長頭匍匐在山路，不為覲見，只為貼著你的溫暖；
那一世，我轉山轉水轉佛塔呀，不為修來世，只為途中與你相見。

好奇的我，不再隨著人群湧動，而是靜靜地、輕輕地走到青年身旁，聆聽那字字句句充滿智慧的的歌聲，吸吮那悠揚美妙、充滿神奇力量的旋律，如癡如醉、如癲如狂。是甚麼因緣，讓我來到茫茫雪域？是前生今世的牽盼，讓我和他相遇？難道他是前生摯友？抑或是今生導師？還是，我與他從未謀面，也從未相識？一連串的狐疑讓我停駐腳步，並開口詢問，是否為前世故友？抑或他鄉舊識？只聽他悠悠地說出；「倉央嘉措」，「走入布達拉宮，我是雪域最大的王。流浪拉薩街頭，我是世間最美的情郎。」滿臉狐疑的我，只得微微笑著，離開這個令我迷惑的地方。

黃昏紅艷艷的晚霞渲染在一抹天邊，映著拉薩河的流水波光粼粼，布達拉宮紅白相間的建築，在夕陽霞光的映襯下，更顯出宏偉氣勢與不凡身價。獨自站在宮前廣場，看著霞光幻化，遠處雪山山頂未溶積雪，在紅霞撥弄下，金光閃動，耀眼奪目，氣勢磅礡；日照金山奇景，百年一見，而我何等幸運，竟在這雪域中與它相遇。

宮前隆隆的鼓聲沉緬緬地震動著山谷，震懾現場所有遊客，也催促旅人是該離開的時刻了。看著不遠處一群喇嘛緩步前來，個個神情肅穆，當經過眼前，才發現他們簇擁著一位年輕喇嘛，慢慢地走入布達拉宮。我定神一看，那位年輕喇嘛不就是清晨在大昭寺吟唱動人心弦的青年嗎？「倉央嘉措」我記得他是這樣告訴我的。這時我內心激昂澎派，難道他是……

鈴……鈴……鈴……，震耳欲聾的鬧鈴聲，震天價響的把我從睡夢中驚醒，睜開惺忪的雙眼，狠狠地按下鬧鐘，怎奈一個美夢就在這驚天一響中消失得無影無蹤。但我的雪山深谷、我的人間天堂、我的悠揚歌聲、我的無限感動，卻一直留在我的心中，還有那未曾謀面的「倉央嘉措」。

#拉薩
#千年的傳奇

小鎮的夜晚

當遼敻的天空盡情地在身上畫起了潑墨山水，路燈靜靜地佇立在街角，伴著天邊的明月散發出柔和的光芒，迷人的夜，就盛裝打扮，在眾星的陪伴下，乘著晚風緩緩地來了。

走在小鎮的街頭，抬頭遠望闃黑的天空，美麗又迷人：星星像一顆顆閃耀的鑽石，鑲嵌在黑色天鵝絨似的夜幕；月光如水，灑落在古老的小鎮，伴著徐徐微風，輕輕地掠過斑駁的石牆，柔柔地熨貼在泛黃的街角，悄悄地圍繞在熙攘的人群中，將小鎮的夜染成一片銀白。

我沉醉於眼前的美景，讓心情隨著夜色悠悠蕩蕩於小鎮的街頭，隱約中，聽見前方一陣小小的喧鬧，在好奇心驅使下，我便走到人群中，一探究竟。這時，眼前出現一個街頭藝人，正在街角的廣場彈唱著歌曲他留著一頭簡潔俐落的短髮，臉上一道道如被刀斧斫鑿的皺紋，那是經歷無數風霜雨雪侵蝕後遺留的痕跡。他身旁拄著一隻紅白手杖、鼻樑上懸著一副墨鏡，可以明顯看出他是個視障人士。

不過最令我震撼的，是他的歌聲。他彈唱了一首動人的旋律，像是古老的歌謠。雖然老吉他陳舊喑啞，音色也有些不準，可是他的歌聲就像破曉的陽光，光芒耀眼，倏地，刺穿了四周的喧囂。那旋律，隨著月光裊裊升起，莫名地觸動了我的心。我彷彿看到陽光碎裂一地的金色斑駁，我彷彿聽到歲月感嘆流逝的淒涼哀痛。他的聲音，就像靜夜徐徐拂面的晚風，低沉、靈動；那簡單的旋律中所蘊藏的激情，如夜裡大海的浪潮，一波一波的朝我湧來，百轉千迴，激盪不已。

他沒有因為自己身體的缺陷而自暴自棄，也沒有用自己身體的缺陷來博取別人的同情。而是用自己的歌聲以及和命運對抗的勇氣，大聲地唱出生命之歌，勇敢地追求夢想。或許他的身邊沒有聚光燈環繞，或許他的歌聲沒有獲得太多的掌聲，但我認為，他不向命運低頭的勇氣、勇敢追求夢想的精神，已足以讓他光芒四射。

今晚，星光依舊閃耀璀璨，月光依然柔美動人。但，小鎮的夜，在他充滿磁力的歌聲中，變得更加清麗動人，變得更加悠遠深邃。因為，我聽到了生命吶喊的聲音，我看到了追求夢想的勇氣。

推薦序

足堪回味是平常

序鄭國雄的《時空滋味》

飲食之於人生，猶如文章之逗點與驚嘆號；閱讀國雄兄的飲食散文，也是如此，在親切日常的筆觸中，讓人很自然的，帶著期盼與訝異地一路「品嘗」下去。

飲食性質的書籍，不分中外均為重要的寫作出版類型，其細分又有學術性、環保性、知識性、技術性、文學性等，多元紛呈，尤其飲食文學已成顯學，餐旅飲宴，地方美食更是早已成為國家吸引觀光客群的重要指標，許多著名的飲食作家，大多善烹調、懂食材，不然便是吃遍大江南北、品味異國風情，走跳特色餐館，說得一口好菜，寫得一「桌」美文（書桌），各擅勝場，引領風騷。

而國雄兄的《時空滋味》，書寫的是個人生命、地方特色、日常飲食，很有些孤獨的美食家井之頭五郎的況味，而其最大的不同是，篇篇有作者的生命故事與人物互動，有時溯及童稚，如寫地瓜：

若不是在地瓜生產的季節，飯鍋裡出現的是一鍋黑漆麻烏的乾地瓜籤飯，稀疏的白米點綴在上頭，偶而會有幾隻白白的蛀蟲屍體夾雜在地瓜籤飯中，為我們這一群缺少蛋白質的黃口小兒補充營養。

將童年時貧困的滋味細膩寫出，又如採番茄的故事，都能情景交融的將記憶中的場景活現於讀者眼前。我想這並非完全是文采斐然所得，而是導因於親歷的經驗感受，以及本質上的永保赤子純樸。又如他側寫住在蚵村的同事，吃蠔吃到怕的〈難忘的「蠔」滋味〉，讀來趣味盎然，令人莞爾一笑，誠然啊，再美味的食物，讓你照三餐吃一個禮拜都會膩，更何況是從小吃到大，不禁令人想重新定義何謂「美食」？

源於工作的連結，在國雄的美食地圖上，苗栗是一個獨特深刻的區域，此點我也有類似的經歷，我開始在大學任教即始於苗栗縣造橋鄉的育達科技大學應用中文系，歷時八年半才離開苗栗，轉至靜宜大學中文系服務，本書中的斗煥坪水餃館、獅潭南邊的汶水老街、南庄「桂花巷」、公館棗莊等，均為我熟悉的滋味與景色，我們在不同時間，卻有著相同的旅跡，令我邊讀文稿一邊嘆然不已；也藉由國雄的筆端誘使我勾起許多回憶，如斗煥坪水餃館的「雜不囉嗦」，這道有著怪奇名稱的美食，即曾多次與同仁一起前往，讓「雜不囉嗦」與啤酒與笑聲與豪言狂語下肚，那才是一個「爽啦！」

至於斗煥坪這個地名由來，根據國家記憶庫有兩種說法：一是嘉慶十五（一八〇五）年，粵人黃祈英率先進入原住民地區交易，深入斗換坪一帶與當地賽夏族往來，並邀漢人入墾，開田成業。因黃祈英迎娶原住民，依原住民習俗改名「黃斗乃」，黃斗乃和原住民交易物品的平地，即為斗換坪；二「斗換」的客家話，是倒換、對換之意，因此漢人和原住民以物易物的地方即稱「斗換坪」。過去漢人與原住民雙方交易，會找一處四面有山的盆地，雙方各自在山頭監視。原住民首先放置一堆欲交換的物品，漢人再放一堆等值的物件，直到雙方增減至滿意，隔天才會各自把東西取走。前者，我在水餃館吃喝時便聽聞於一位博學多聞的同事，我笑說會不會是紀念韓國大統領全斗煥的啊，像台北市的羅斯福路……結果當場被罰喝三大杯。

至於直寫美食，國雄的筆力亦頗深厚，如寫海味羹：

海味羹口味則濃郁鮮甜，以魚酥搭配魚丸，幾片九層塔放在羹湯上提味，魚酥的脆、魚丸的嫩、九層塔的香、羹湯的鮮，讓味覺與嗅覺一次在唇齒之間相互纏綿。

寫得一幅渾然忘我的神態。寫吳郭魚的記憶，文末卻說難逃娘娘的法嘴，可見吳郭魚在怎樣易名為台灣鯛，它的口感滋味還是無法完全改易；我是吳郭魚痴，糖醋、乾煎、蔥段紅燒、薑絲清蒸我來者不拒，國小時，兩天飯桌上沒吳郭魚就會跟老媽翻臉，臭臉拒吃，尤其偏好乾煎，國雄兄：下一回我來乾煎一尾與你分享吧！

最後來談一談趣味十足的油雞飯，此文記錄他在靜宜中文研究所就讀時，嗜吃學校餐廳油雞飯一事，他在補修我大學部中國文學史學分及多次與我討論論文進度時，都會買、每次買油雞飯來「收買」老師，我吃了覺得算不錯啦，想說……但見國雄一再推薦且吃得一臉滿足的表情，我就不好意思多說了，其實我想吃雞腿飯啦，哈哈，就如同他寫烏魚米粉、白河綠色隧道的青芒果記憶，樸實無華又有其雋永之處，單純的民間飲食如意麵，是意難忘的意麵，也是充滿謝意與情意的「意」麵！

（靜宜大學中文系副教授／讀冊文化事業有限公司總編輯）陳敬介

國家圖書館出版品預行編目 (CIP) 資料

時空滋味 / 鄭國雄著 . -- 初版 . -- 新北市：讀冊文化事業有限公司 , 2024.12
面；　公分

ISBN 978-626-95752-8-2(平裝)

863.55　　　113019790

時空滋味

作　　者｜鄭國雄
發 行 人｜陳紀蓉
總 編 輯｜陳敬介
排版設計｜周雅萱
出　　版｜讀冊文化事業有限公司
地　　址｜新北市新店區安和路三段 25 號 5 樓
電　　話｜0955612109
E-mail｜ccchen5@pu.edu.tw
出版日期｜2024 年 12 月初版

ISBN｜978-626-95752-8-2（平裝）
定　　價｜NT$300

總 經 銷｜紅螞蟻圖書有限公司
地　　址｜114 台北市內湖區舊宗路二段 121 巷 19 號
電　　話｜02-27953656